Musicalia

John POKAIEV

Musicalia

(Science-fiction)

Édition : BoD – Books on Demand, info@bod.fr
Impression : BoD – Books on Demand, In de Tarpen 42, Norderstedt
(Allemagne)

Impression à la demande

Illustration : Créée avec EasyCover

ISBN : 978-2-3224-8734-9
Dépôt légal : Octobre 2023

CHAPITRE 1

Tel un vaisseau perdu au milieu de l'océan, naviguant au gré de vents instables, John Anderson voyageait aux confins de la dépression. Les méandres de son âme en peine le poussèrent à emprunter des sentiers glissants qui l'amenèrent insensiblement au bord du gouffre. Son regard vide se perdait dans cet abîme sans fin qui semblait l'appeler. La tentation de l'abandon était si douce. Il était las de jouer le rôle du chevalier parti à la quête d'un Graal illusoire qu'il demeurait incapable de trouver. Loin de se renforcer par des actes de bravoure qui lui vaudraient l'amour de sa bien-aimée, il ne connaissait que des échecs à répétition.

Pourquoi lui avait-elle dit non ?

Il se vit seul dans une salle de cinéma, à la fois projectionniste, spectateur et acteur d'un film au scénario mal construit et mal interprété. Il essayait de prendre du recul, de ramener cette réalité si dure au rang d'une simple fiction. Il voulait se convaincre que tout ceci n'était qu'un jeu, que son état de dépression provenait du fait qu'il s'était trop longtemps et trop profondément identifié à son personnage, mais qu'il fallait à présent redevenir lui-même. Il espérait que la lumière s'allumerait, que l'écran redeviendrait vierge et qu'il pourrait se dire que tout ceci n'était qu'un rêve. Ses espoirs ne se concrétisaient pas. Le film continuait à se dérouler comme une bande sans fin.

La scène remontait à environ six mois. Ils s'étaient rencontrés lors d'une soirée organisée par des amis communs. Elle s'appelait Olivia. Elle était d'origine portugaise, avait les cheveux longs et noirs, et possédait le teint mat caractéristique des méditerranéennes.

Il se rappela qu'il n'avait pas été spécialement attiré par elle à ce moment-là. Elle possédait un certain charme, mais ne correspondait pas tout à fait à ce qu'il recherchait. Son visage était agréable, mais ses formes étaient un peu trop généreuses à son goût.

Il se souvint même avoir été sur la défensive. Il essaya d'analyser pourquoi il avait réagi ainsi. Il appréciait les efforts de ses amis pour lui trouver une compagne, mais il voulait se sentir maître de la situation, que le choix provienne de lui-même. Il ne voulait pas qu'on lui impose quelqu'un, sinon son amour-propre serait atteint, sa fierté de mâle en prendrait un coup.

D'ailleurs, il s'était rendu compte que ceux qui prétendaient le connaître se nourrissaient souvent de fausses certitudes. Ils se trompaient complètement lorsqu'ils pensaient définir son idéal féminin. Généralement, on lui présentait des filles qui ne l'attiraient pas du tout.

Ce n'était pas le cas pour Olivia, même si ce n'était pas un coup de foudre. Elle avait l'air d'être une fille agréable. Elle semblait ouverte, naturelle, et elle avait la conversation facile. John apprit ainsi qu'elle suivait des cours de psychologie, un domaine qui le passionnait également.

Il en profita pour lui parler de ses études en graphologie, qu'il venait de commencer par correspondance. Elle fut très intéressée. Elle lui écrivit quelques lignes et il lui expliqua en détail la méthode qu'il employait pour analyser les écritures. Il n'était encore qu'un novice en la matière. Sinon, il ne se serait jamais intéressé à elle. Son écriture moirée lui aurait révélé en un clin d'œil l'instabilité de son caractère.

Elle avait également lu beaucoup d'ouvrages de science-fiction. Décidément, ils avaient beaucoup de points communs ! Après avoir passé en revue l'ensemble des romans de A.E. Van Vogt, de Philip K. Dick et de Clifford D. Simak, ils se quittèrent tard dans la soirée, se promettant de se revoir un de ces jours.

John ne dormit pas beaucoup cette nuit-là. Son esprit était focalisé sur l'image d'Olivia. Il sentait des sentiments naître en lui.

Il était étrange de voir comment une vie peut basculer en une seule soirée. Ce matin, en se levant, il était seul, à la recherche perpétuelle de l'âme sœur, et ce soir, en se couchant, il était tombé amoureux.

Le lendemain, il contacta ses amis pour leur demander le numéro de téléphone d'Olivia.

Il était là, assis en face du téléphone. Son cœur battait à tout rompre. Il décrocha et s'apprêta à composer le numéro, mais il fut pris de panique et raccrocha.

Il se leva et fit les cent pas dans la pièce, il fallait qu'il retrouve son calme. Il ralentit sa démarche, respira profondément. Son rythme cardiaque redevint normal.

De quoi avait-il peur ? C'est son imagination qui lui jouait des tours. Il la voyait en train de le rejeter, de lui demander d'un air méchant pourquoi il la dérangeait. Pourquoi agirait-elle ainsi ? Après la conversation qu'ils avaient eue la veille, elle ne pouvait raisonnablement le traiter de la sorte.

Mais qu'allait-il bien pouvoir lui dire ? Il réfléchit un instant. Il n'avait qu'à l'inviter au cinéma avec d'autres amis. Ça n'engageait à rien et ça lui permettrait de la tester.

Il prit une grande inspiration, affichant un air déterminé, puis décrocha le combiné.

C'est elle qui répondit.

- Allô ! Olivia ?

- Oh, salut, John. C'est gentil de m'appeler.

Elle avait immédiatement reconnu sa voix, sans qu'il ait besoin de se présenter. C'était un détail qui réjouit John.

- Je t'appelais pour t'inviter au cinéma vendredi soir. On va voir « Stargate ». Ça te tente ?

- Oh, oui, génial ! Tant que c'est de la science-fiction, je suis partante. Est-ce que je peux amener ma sœur et quelques copines ?

- Bien sûr, aucun problème. Moi aussi, j'emmène des copains de mon côté.

Ils commencèrent ainsi à se voir de plus en plus fréquemment, pratiquement chaque week-end.

Elle se mit également à lui téléphoner régulièrement. C'était généralement le jeudi sur le coup de treize heures. John se rappelait l'état de nervosité dans lequel il était à l'approche de l'heure fatidique. Il se demandait si elle allait l'appeler. Il semblait observer mentalement le téléphone, même s'il était à l'étage du dessous et donc invisible depuis sa chambre, guettant la moindre vibration annonciatrice d'un appel.

À chaque sonnerie du téléphone, une excitation palpitante s'emparait de lui, atteignant son paroxysme. D'un geste fébrile, il se levait de son fauteuil, se hâtant vers la porte, attentif aux douces sonorités de la voix de sa mère qui répondait à l'appel, cherchant à déterminer l'identité de l'appelant. Parfois, toutefois, un sentiment de déception l'envahissait lorsque la voix au bout du fil ne correspondait pas à celle qu'il attendait. Alors, dans un soupir de frustration, il regagnait lentement son bureau pour y reprendre sa place, l'esprit encore habité par l'espoir que la prochaine sonnerie serait la bonne.

Puis le téléphone sonnait à nouveau.

- John, c'est pour toi ! criait sa mère.

Ça y est ! C'est elle ! Il savait qu'elle appellerait. Elle était aussi régulière qu'une horloge. Ils discutaient alors pendant une bonne demi-heure, jusqu'à ce que la pendule rappelle à John qu'il était temps d'aller au travail.

À d'autres moments, c'est lui qui appelait, généralement le lundi soir. Il arrivait fréquemment qu'ils passent plus de deux heures à discuter de tout et de rien.

John commença ainsi tout naturellement à éprouver des sentiments profonds pour elle.

Débuta alors un dialogue intérieur perturbateur :

- M'aime-t-elle, oui ou non ?

Ce sujet obsédait John, qui se perdait dans une rumination mentale, réévaluant constamment la situation.

- Elle m'a de nouveau téléphoné aujourd'hui, donc elle est amoureuse de moi.

Puis :

- Elle a décliné mon invitation, donc elle ne s'intéresse pas vraiment à moi.

John alternait les états d'euphorie, où rien ne lui semblait impossible, avec les sentiments de dépression, des moments où il ne se sentait pas aimé, où il ne trouvait plus de plaisir en rien.

Quel cruel dilemme : lui faire une déclaration, au risque d'être rejeté, situation difficile à supporter après tous les échecs déjà accumulés, ou alors garder ses sentiments pour lui, préservant ainsi le statu quo sécurisant, mais abandonnant aussi à jamais l'espoir de la posséder.

Si seulement il pouvait savoir avec certitude ce qu'elle ressentait. Pourquoi n'avait-il pas été conçu avec la faculté de lire dans le cœur des autres ?

Le temps ! Oui, le temps apporterait les réponses.

Mais la situation devenait insoutenable. Le feu s'accumulait en John, son amour ardent pour Olivia se renforçant jour après jour.

Et voilà qu'à un certain moment, en discutant avec sa bien-aimée, elle posa à plusieurs reprises sa main sur la sienne. Un instant fugace, certes, sans arrière-pensée, peut-être, mais catalyseur puissant dans la chimie de l'amour qui perturbait John.

La pression devint alors intense, John ne pouvait plus attendre. Il fallait absolument qu'il lui déclare sa flamme. Peu importait, à ce moment, quelle serait la réponse d'Olivia. John devait absolument savoir ce qu'elle ressentait pour apaiser la tempête qui le tourmentait. Bien sûr, il espérait fortement qu'elle lui dise oui, et il se forçait à y croire.

Il se dit intérieurement :

- Sois un homme ! Aie le courage de tes sentiments ! Ne recule pas par lâcheté !

Vint alors le fameux soir où Olivia lui téléphona pour l'inviter à boire un verre chez elle, avec sa famille.

- Ça y est ! C'est le signal tant attendu ! Elle m'aime ! J'en suis sûr à présent !

Plein d'optimisme, il se rendit à son rendez-vous. Tout semblait marcher à merveille. Olivia était pétillante. Elle lui parla de la magnifique journée qu'elle venait de passer, John l'écoutant à peine tellement il était subjugué par ses yeux de rêve. Il réfléchissait à la façon dont il allait lui faire sa déclaration, aux mots qu'il devait employer. Il aurait bien aimé lui déclamer un poème à la manière du prince charmant des contes de fées à genoux aux pieds de sa belle, mais il était trop nerveux pour cela. Il aurait paniqué et bafouillé avant de terminer le premier alexandrin. Il se dit finalement que la méthode la plus directe et la plus simple était la meilleure.

Il ne lui restait plus qu'à attendre l'occasion de lui parler en tête à tête. Au moment de se quitter, Olivia l'accompagna jusqu'à la porte. Enfin seuls, John prit son courage à deux mains et prit la parole.

- Olivia, je voulais te dire quelque chose … voilà … je m'intéresse à toi !

- Oui, et alors ?

- Comment ça « et alors » ?

- Qu'est-ce que tu veux exactement ?

- Ben … j'aimerais bien qu'on sorte ensemble !

- Je ne te suis pas là ! On se téléphone souvent, on se voit toutes les semaines, qu'est-ce que tu veux de plus ?

- Olivia, je vais te dire franchement ce que je ressens. Je trouve qu'on s'entend à merveille. Je suis amoureux de toi. J'ai envie qu'on sorte ensemble sérieusement et qu'un jour on se marie.

Voilà ! Alors je repose ma question : est-ce que tu es d'accord pour qu'on sorte ensemble … sérieusement ?

- Ah, John ! Tu me prends au dépourvu ! Je ne m'attendais pas du tout à ça ! Je ne sais pas !

- Comment ça, tu ne sais pas ?

- Oui, je ne sais pas. On se connaît depuis quelques mois maintenant, je t'apprécie beaucoup, tu es quelqu'un de super, mais je ne sais pas.

- Où est le problème ?

- Tu sais que je suis déjà sortie avec un garçon une fois et que ça n'a pas marché. Je n'ai pas envie de revivre ça. Ça me fait un peu peur, tu vois ?

- Oui, je comprends. Mais tu me connais. Je ne t'ai jamais trompée. Je suis quelqu'un de sérieux, de stable. En plus, je t'aime vraiment et je n'ai qu'un désir : te combler, te rendre heureuse.

- Pourquoi moi, John ? Pourquoi est-ce que tu ne t'intéresses pas à une fille gentille, simple ? Moi, je suis trop compliquée pour toi ! Je n'arrive pas à mettre de l'ordre dans mes sentiments. Je ne sais pas exactement ce que je ressens pour toi. Je t'aime bien, mais je ne suis pas sûre que ce soit le grand amour. Je ne veux pas te dire oui maintenant et puis te dire non dans trois mois. Je ne veux pas te faire de la peine. Je préfère qu'on reste amis, qu'on continue comme avant, sans plus. D'ailleurs, je ne crois pas que je serai heureuse un jour en amour. J'ai réussi partout ailleurs, dans les études, avec mes amies, mais en matière d'amour c'est l'échec total. Écoute, si tu veux on en reparlera une autre fois. Salut !

Le film projeté devint soudain flou. L'image disparut comme si les couleurs se fondaient, telles une peinture exposée à un soleil trop intense.

Il semblait à John que quelque chose lui tombait des yeux. Jusqu'à présent, il avait regardé le monde au travers d'un filtre déformant qui l'empêchait de percevoir l'évidence : cette fille jouait avec ses sentiments.

Pendant trop longtemps, il s'était bercé d'auto-illusions. Qu'il est doux de cheminer sur les sentiers du rêve, de s'envoler vers des contrées mythiques où tout semble possible !

En ce moment d'intense émotion, la porte refermée brusquement au nez de John entraîna l'explosion du château de cristal qu'il avait pris tant de soin à bâtir. John restait seul sur le palier avec ses rêves brisés. Ramassant un bout de verre, il y plongea son regard et vit alors la triste réalité de son visage défait, rongé par le chagrin.

CHAPITRE 2

Pourquoi l'avait-elle rejeté ? Était-ce à cause de son apparence physique ? Il n'était certes pas un Apollon, mais il n'était pas non plus un de ces personnages que l'on expose au musée des horreurs. D'ailleurs, en pensant à tous les couples qu'il connaissait, il se disait que finalement, peu de gens mariés avaient un physique de rêve, et pourtant ils avaient trouvé chaussure à leur pied semblaient mener une vie heureuse ensemble. Le problème ne résidait donc pas là.

Était-ce à cause de son caractère ? Il ne le pensait pas. Il était entouré d'une multitude d'amis qui l'appréciaient. De plus, on le trouvait intelligent, cultivé, doté d'une imagination fertile. Il avait également de l'humour. On ne s'ennuyait jamais en sa compagnie. Il était certes un peu timide par moments, mais est-ce vraiment un défaut ? Cela rajoutait plutôt une touche de modestie à sa personnalité.

Le problème était peut-être dû à son originalité. Il n'était en effet pas attiré par les modes, qu'il jugeait souvent stupides, ne servant que les intérêts de marchands cupides qui imposaient leurs goûts à un troupeau de brebis dociles, incapables d'avoir une opinion personnelle et se contentant bêtement de se fondre dans le moule qu'on leur imposait. John, quant à lui, se faisait une fierté de marcher à contre-courant.

Cela se manifestait notamment dans le domaine musical. Il détestait tous les nouveaux rythmes techno, dance et autres du même acabit, qu'il jugeait répétitifs, fades, dénués de toute recherche instrumentale. Un chimpanzé équipé d'une boîte à rythmes aurait pu faire aussi bien, voire mieux ! Et cela, sans même aborder le sujet des paroles, qui se résumaient à une répétition infinie d'une même phrase au contenu insipide.

Tout cela semblait bien terne en comparaison du rock progressif, un genre musical apparu au début des années soixante-dix avec GENESIS, à l'époque où Peter Gabriel était au chant, et perpétué ensuite par d'autres groupes, comme MARILLION, une autre référence dans le domaine. D'ailleurs, le symbole du caméléon, souvent employé pour décrire ce genre de musique, en illustre bien la richesse. On peut le comparer à une toile sonore où l'on passe soudainement des teintes les plus sombres, créant une ambiance mélancolique, à un feu d'artifice de couleurs vives à travers un rythme entraînant pour finalement retomber dans le calme serein d'un paysage aux tons pastel. C'est un véritable stimulant pour l'esprit, bien plus enrichissant que le martèlement aliénant des basses techno !

John n'écoutait pas seulement des groupes anglais. Il appréciait également le rock progressif français à travers des formations telles que MONA LISA, ARRAKEEN et SYNOPSIS. De plus, il était également particulièrement réceptif au rock progressif italien, qui avait un charme particulier. En plus de BANCO et QUELLA VECCHIA LOCANDA, il se laissait emporter par les voix envoûtantes des chanteuses de BARROCK et TALE CUE.

John n'écoutait pas seulement de la musique, il en jouait également. Il s'était mis tardivement au violon, un instrument pour lequel il éprouvait une véritable passion, probablement influencé par des artistes tels que KANSAS, WOLF ou Vanessa Mae. Les sonorités stridentes de cet instrument faisaient vibrer sa corde sensible et lui permettaient d'évacuer la nervosité accumulée lors de ses longues heures d'étude.

John s'intéressait à une multitude de sujets différents. Il suivait des cours de graphologie par correspondance, lisait des ouvrages de psychologie, et apprenait l'espagnol tout en maintenant son niveau en anglais par des lectures régulières dans cette langue.

C'est ainsi que se dessinait la riche personnalité de John, profondément affecté par son récent échec sentimental.

Assis à son bureau, le cœur brisé et l'esprit en proie à de sombres pensées, il eut naturellement le réflexe d'allumer sa chaîne stéréo pour écouter un de ses albums préférés, dans le but de changer son état d'esprit.

Il choisit machinalement une musique empreinte de tristesse, dont l'auteur devait certainement se trouver dans une condition similaire à la sienne lorsqu'il a composé cette mélodie.

Baigné dans cette atmosphère de mélancolie, John sentit les larmes lui monter aux yeux. Il aurait bien aimé pleurer, évacuer ses sentiments amers par les canaux lacrymaux, ce qui l'aurait grandement soulagé. Cependant, il voyait son père devant lui, personnage imposant, qui le dominait, lui, le petit gamin de cinq ans qui fondait en larmes et se faisait sermonner :

- Arrête de pleurnicher ! Un homme doit être fort, il ne pleure pas ! Tu ne veux pas qu'on te prenne pour une personne faible, n'est-ce pas ?

Pleurer était inconcevable. Les émotions ne devaient pas s'exprimer. Un homme devait garder sa dignité. Dans de telles circonstances, il était difficile de ne pas être rongé par ce poison intérieur qui se diffusait dans son organisme sans possibilité de s'échapper.

Les yeux humides, sa vision du monde devenait floue. John se fermait progressivement aux stimulus extérieurs et se repliait sur lui-même en position fœtale, recherchant une protection contre les agressions de ce monde impitoyable. À travers cette brume dense, il errait tel un navire sans cap, les notes de musique percutant son tympan comme le chant des sirènes attirant les marins à leur perte. Il sentait le danger de glisser vers un monde irréel, de sombrer dans la folie, mais il n'avait plus la force de résister à l'appel de l'extrême facilité.

La pièce autour de lui sembla alors se dissoudre. Les objets qui l'entouraient perdirent leur consistance matérielle. La chaise sur laquelle il était assis disparut. Il eut l'impression de flotter dans les airs, comme s'il avait absorbé une substance hallucinogène qui le déconnectait de la réalité et des sensations envoyées par son propre corps. Puis, soudainement, un vertige le saisit et il fut happé dans un brouillard sans fin. Il perdit connaissance.

Lorsqu'il revint à lui, il fut incapable de dire combien de temps s'était écoulé depuis son malaise. En regardant autour de lui, il constata qu'il était à bord d'un bateau, flottant sur une mer inconnue. Il ne distinguait qu'une masse indistincte d'eau noyée dans la brume.

Il était désorienté. Son cerveau n'arrivait pas à intégrer les derniers événements en utilisant les schémas logiques qu'il avait développés.

Où se trouvait-il ? Par quelle étrange pouvoir avait-il atterri ici ?

Il se sentait comme une souris dans un labyrinthe, pris au piège par une force mystérieuse qui le manipulait. Il manquait de recul pour comprendre pleinement la situation. Il cherchait désespérément une issue à ce tumulte de pensées incessantes qui l'assaillait.

Dans un réflexe instinctif, il appela à l'aide, mais il n'obtint aucune réponse. L'embarcation, évoquant les légendaires navires de pirates, semblait être dépourvue de toute présence humaine. Était-ce le fait d'une malédiction qui en avait fait un vaisseau fantôme ?

Il se plaça à la barre, scrutant l'horizon à travers la brume.

Il demeura là, porté par le vent pendant de longues heures, incapable de décider de la meilleure façon de sortir de cette situation complexe. Il n'avait aucun point de repère, l'horizon restait obstinément caché à sa vue.

Au bout de longues heures, alors qu'il commençait à clarifier ses idées et à retrouver un semblant de logique, il vit une île émerger dans le brouillard. Une étrange sensation le submergea. Une voix étrangère parlait à travers lui et le poussait à s'approcher de cette île. La réaction de John fut un mélange de curiosité et de crainte. Que lui réserverait cette île mystérieuse ? L'espoir ou la fin de tout ? De toute manière, il avait dépassé le point de non-retour. Naviguant sur cette mer calme avec comme unique bruit ce fond sonore envoûtant, il approcha rapidement de l'île, dont les contours devenaient de plus en plus distincts.

Il ne tarda pas à accoster. Après avoir amarré le bateau, il mit une barque à flot et se dirigea vers la plage. En posant le pied sur le sable, il observa autour de lui. Au loin, à l'horizon, tout n'était que brumes, un monde indistinct et impénétrable. L'île, en revanche, était baignée par un soleil éclatant qui brillait dans un ciel sans nuages. Elle était principalement composée de forêts, surplombées par un volcan apparemment éteint, culminant à environ trois ou quatre mille mètres, selon ses estimations.

John s'arrêta un instant pour réfléchir. Il se trouvait maintenant dans la même situation que Robinson Crusoé, seul, perdu sur une île inconnue au milieu de l'océan. L'espoir de s'en sortir semblait très mince. Avec la brume à perte de vue, comment un bateau pourrait-il le repérer ? Les signaux de fumée qu'il pourrait émettre pour signaler sa présence ne feraient que se perdre dans le brouillard. Peut-être que la brume se dissiperait bientôt, mais John était convaincu du contraire. Il se demanda si le contraste frappant entre la clarté de l'île et le flou de la mer avait une raison précise, une sorte de loi propre à ce monde qu'il devait désormais essayer de comprendre.

Avant tout, il devait assurer sa survie. Il était impératif de trouver de la nourriture et de l'eau, puis de se construire un abri pour passer la nuit.

Après avoir écouté attentivement pendant un long moment, John ne perçut plus aucun son. La musique avait cessé et aucun chant d'oiseau n'était audible. Un silence total régnait. D'où provenait donc la mélodie qui l'avait attiré ici ? Il devait y avoir une présence humaine, ou peut-être même surnaturelle, quelque part. Peut-être qu'elle ne se manifestait pas pour l'instant, dans le but de l'observer, de tester sa capacité à survivre, à résoudre les énigmes que ce monde posait. Il considéra cela comme un défi à son intelligence.

En premier lieu, il devait s'occuper de la question de la nourriture. Cette île abritait-elle des animaux pouvant servir de gibier ? Le silence total qui l'entourait ne semblait pas appuyer cette hypothèse. Produisait-elle alors au moins des fruits ou des plantes comestibles ? La réponse à cette question ne pourrait être obtenue qu'en explorant la forêt. Pour cela, il lui fallait au minimum une machette, car la végétation était particulièrement luxuriante, et aucun sentier n'était visible, ce qui rendait l'avancée difficile.

Il retourna à la barque pour se rendre sur le bateau, espérant y trouver ce dont il avait besoin. Tout en ramant, une pensée lui vint à l'esprit. Où avait-il appris à naviguer ? En fouillant dans sa mémoire, il ne retrouva que des traces de souvenirs provenant de livres qu'il avait lus étant enfant, ce qui n'expliquait pas grand-chose. Entre lire un récit de marins et naviguer réellement sur une mer déchaînée, il y avait un fossé ! Et pourtant, depuis maintenant quelques heures, John se comportait comme un véritable marin. Il savait diriger un bateau, faire des nœuds, … Et, de plus, il accomplissait tout cela seul, sans l'aide d'un quelconque équipage. Encore un mystère de plus à résoudre !

Ayant découvert à bord une machette, une bobine de cordelette et divers autres ustensiles qu'il jugea utiles d'emporter, il regagna à nouveau l'île à bord de la barque.

Il était maintenant prêt à entreprendre l'exploration de la forêt. Se frayant un chemin à coup de machette, il déboucha dans une clairière où il eut l'agréable surprise de découvrir une source d'eau limpide et fraîche. Le liquide vital lui fit le plus grand bien en coulant dans son palais asséché par une longue marche sous un soleil de plomb, à travers une forêt dense où il était difficile de progresser.

Lorsqu'il releva les yeux, désaltéré, il aperçut au-dessus de lui une quantité non négligeable de fruits d'une couleur orangée, de la taille d'une pastèque. En bon grimpeur qu'il se découvrit être, chose qui le surprit tout autant que ses dons de navigation, il eut tôt fait d'en cueillir un. L'écorce du fruit était résistante. Il utilisa sa machette pour le couper en deux. Un liquide de couleur jaunâtre en jaillit. Il but le peu qui restait dans une moitié du fruit et en apprécia la saveur, rappelant celle du jus d'orange. Le goût de la chair évoquait celui de la pêche. John avait l'impression de découvrir un fruit exotique particulièrement savoureux qui procurait à la fois nourriture et boisson. De plus, il était facile à transporter en raison de sa résistance, ce qui lui permettrait d'avoir des provisions pour ses futures explorations, au cas où il serait contraint de voyager vers des terrains moins fertiles.

L'endroit lui sembla approprié pour construire un abri. Il songea immédiatement à se faire une cabane dans les arbres. L'île étant couverte de forêts, le bois ne manquait pas. Ayant emporté une hache avec lui, il commença à rassembler le bois nécessaire à son ouvrage. Il l'assembla à l'aide de la cordelette et eut rapidement un abri en hauteur, qui lui permettrait de se protéger contre d'éventuelles bêtes sauvages. Le silence régnant sur l'île donnait plutôt l'impression qu'il n'y avait aucune vie animale, mais John préférait être prudent. L'île où il avait débarqué était bien trop mystérieuse à son goût, et il préférait rester sur ses gardes tant qu'il n'aurait pas réussi à percer ses secrets.

Le soleil se couchait, et John, se sentant fatigué après cette journée de labeur, décida de s'accorder une bonne nuit de repos, espérant que les choses seraient plus claires le lendemain. Cependant, il ne réussit pas à s'endormir immédiatement. Trop de questions le tourmentaient. Comment était-il arrivé ici ? Quelle était cette voix qui l'avait appelé ? Il se rappelait vaguement avoir écouté un morceau de musique tout en pleurant, puis tout avait basculé, et il s'était retrouvé projeté sur cette île perdue. La musique avait-elle un pouvoir aussi important ? C'était étrange !

Pour obtenir les réponses à ces questions, il était essentiel de déterminer l'origine de la voix qui l'avait appelé. Pour ce faire, il n'y avait qu'une seule option : explorer l'île de fond en comble. C'est ce qu'il entreprendrait dès le lendemain. John, ayant enfin trouvé un but à poursuivre, s'endormit profondément.

Au cours de la nuit, il fit un rêve étrange. Il se vit marcher sur un sentier qui serpentait à travers la forêt luxuriante de l'île. Il n'était plus maître de ses pensées, mais était comme hypnotisé par cette même voix qui l'avait attiré sur l'île, et qui le poussait à présent à se diriger vers une colline élevée. Après avoir longuement cheminé, il parvint à une sorte de porte taillée dans le roc. Il y pénétra et entra dans une salle où un homme âgé siégeait sur un trône resplendissant. Ses cheveux étaient d'un blanc éclatant. En fixant sa chevelure, John fut ébloui et se réveilla. Il réalisa qu'il faisait déjà jour et que le soleil était haut dans le ciel. Il protégea rapidement ses yeux contre ses rayons éblouissants et chercha un coin d'ombre pour réfléchir.

Quel songe ! Tout cela lui semblait trop réel pour n'être que le pur produit de l'imagination. Avait-il eu l'un de ces rêves visionnaires habituels chez les prophètes d'autrefois, à une époque où il était courant que Dieu leur communique des révélations surprenantes par ce biais ? Avait-il donc affaire à Dieu lui-même ? Ou bien quelqu'un avait-il découvert le secret permettant d'influencer les rêves ?

En tout cas, réalité ou illusion, le seul moyen de le savoir avec certitude était de passer l'île au peigne fin pour découvrir si ce sentier vu en rêve existait réellement.

Cependant, avant d'entreprendre une tâche aussi ardue, l'île étant de dimensions assez importantes pour un homme à pied, il fallait reprendre des forces. John se nourrit des fruits qu'il avait découverts la veille. Il regrettait l'absence de viande et le manque de variété des fruits disponibles. Il gardait pourtant l'espoir de trouver d'autres types de fruits au cours de ses futures explorations. Cependant, il disposait de nourriture et de boisson, ce qui satisfaisait correctement ses besoins physiques élémentaires.

De plus, cette frustration gastronomique constituait un stimulant supplémentaire pour le pousser à résoudre le mystère de cette île. En effet, si John avait découvert le paradis, avec une nourriture variée poussant sans effort à fournir, aurait-il eu seulement l'envie de s'engager dans l'action ? Voilà peut-être encore une fois l'empreinte du personnage énigmatique qui se cachait derrière la voix. Il fournissait à John le strict nécessaire pour le maintenir en vie et en bonne santé, tout en lui infligeant suffisamment de privations pour le pousser à l'action.

Il se rendit compte que d'importants changements étaient en train de s'opérer dans sa personnalité. Jusqu'à présent, il s'était contenté de mener une vie routinière, sans faire de grands efforts. Il travaillait juste ce qu'il fallait pour subvenir à ses besoins, puis s'enfermait dans le cocon protecteur de son bureau où il se perdait en rêveries sans lendemain. Certes, il était intelligent et doué d'une imagination prolifique, mais il n'avait jamais eu à utiliser ses qualités intellectuelles pour surmonter des obstacles concrets. Et voilà qu'à présent, il sortait de sa léthargie et passait à l'action. Son cerveau se réveillait lentement, comme un muscle endormi par une trop longue inaction, et il trouvait finalement sa nouvelle situation agréable.

Se sentant métamorphosé, il se mit rapidement au travail. Pour découvrir le sentier, il était hors de question de fouiller toute l'île centimètre carré par centimètre carré. Le travail prendrait plusieurs mois. John repassa le rêve dans son esprit, se remémorant clairement comment il avait découvert un chemin au cœur de la forêt. Emprunter ce sentier était le seul moyen d'atteindre une colline escarpée, sur le flanc de laquelle se trouvait une porte donnant accès à une salle secrète.

John grimpa au sommet d'un arbre élevé et observa dans toutes les directions. Tout était forêt à perte de vue. Une seule cime émergeait de la végétation luxuriante : un volcan qui était en réalité le centre de l'île. Il se demanda si cette île avait été habitée par le passé et si l'éruption du volcan avait entraîné la disparition de ses habitants, qui avaient peut-être fui en catastrophe sur des embarcations, pour ne plus jamais revenir sur cette terre devenue un cimetière pour ceux qui n'avaient pas réussi à s'échapper à temps. Au fil du temps, la nature avait effacé les cicatrices de ce cataclysme, la forêt recouvrant toute trace du passé tumultueux. Seul témoin muet de ce temps révolu, le volcan éteint se dessinait sur fond de ciel bleu au milieu de cette île perdue dans l'océan. La salle vue en rêve, si elle existait bien, devait forcément se trouver à l'intérieur. En s'approchant au plus près du cratère et en en faisant le tour, il était persuadé qu'il découvrirait le chemin qui le mènerait à la porte d'entrée de la salle secrète.

Ce plan d'action parut bon aux yeux de John. Parti de la clairière, il devait se frayer un chemin à la machette, car l'avancée dans cette forêt luxuriante s'avérait difficile.

Il progressa péniblement pendant plusieurs heures, jusqu'à ce qu'épuisé, il atteigne une nouvelle clairière, plus petite que celle qu'il avait quittée, mais tout de même suffisamment dégagée pour permettre l'établissement d'un petit campement. Fatigué, il décida de s'arrêter pour la nuit. Il ramassa du bois sec qu'il entassa pour allumer un feu. Le même silence régnait, semblant indiquer l'absence totale de vie animale, mais John gardait toujours cette crainte instinctive d'une possible attaque par une bête sauvage pendant la nuit. La lueur du feu lui procurait un sentiment de sécurité.

Avant de s'endormir, il médita longuement sur sa situation. Au cours de la journée, il avait progressé d'à peine cinq kilomètres en direction du cratère. Il lui restait encore au moins quinze kilomètres à parcourir. À son rythme actuel, il lui faudrait encore trois jours pour atteindre son objectif. Ensuite, il devrait encore trouver le sentier. Il comprit qu'il n'était pas au bout de ses peines.

Les yeux perdus dans l'immensité du ciel étoilé, il tenta de repérer les constellations qui lui étaient familières. À sa grande surprise, il n'en découvrit aucune. C'était comme s'il observait un ciel différent, avec une carte des étoiles totalement inconnue. Dans quel monde avait-il atterri ? Était-ce une galaxie inconnue de l'humanité ? Les questions qui affluaient dans son esprit appelaient des réponses de plus en plus urgentes.

Le lendemain matin, il prit un petit déjeuner à base du seul fruit qu'il avait trouvé, puis reprit rapidement sa route, utilisant sa machette pour se frayer un chemin à travers cette forêt qui semblait hostile aux étrangers.

Le soir venu, il n'avait toujours pas trouvé de clairière pour passer la nuit. Il continua à avancer puis, fatigué, s'assit quelques instants sur un tronc d'arbre pour se reposer. Le sommeil le gagna alors, et il s'endormit sur place.

Il ne se réveilla que le lendemain matin. Il regrettait d'avoir été si imprudent en s'endormant sans précautions, mais il se rendit finalement à l'évidence qu'il ne risquait rien dans cette forêt, du moins pas de la part d'animaux sauvages.

En faisant le point sur sa progression, il calcula que la journée précédente, il avait parcouru à peine trois kilomètres. La végétation devenait de plus en plus dense, rendant difficile son avancée. Néanmoins, il décida de poursuivre encore une journée, espérant que la forêt devienne plus praticable.

Il avança péniblement une bonne partie de la matinée, puis eut l'impression d'un changement dans la végétation. C'était comme s'il atteignait une frontière entre deux mondes différents. Il avait le sentiment étrange que les arbres et les fourrés qui se présentaient à lui à présent l'observaient, comme s'ils étaient dotés d'une conscience.

Il percevait également une modification de l'atmosphère, qui jusqu'alors avait été sereine. La présence de ces arbres provoquait en lui une anxiété croissante. Il devait se maîtriser pour ne pas céder à la panique.

Il s'était souvent interrogé sur la nature de la conscience des plantes. Étaient-elles capables de penser, d'éprouver des sentiments, de ressentir la faim, comme nous ? Dans une certaine mesure probablement ! Des plantes étaient capables de s'orienter vers le soleil pour recevoir toute son énergie. Des expériences semblaient également indiquer qu'elles réagissaient aux émotions humaines. Des chercheurs avaient découvert que celles qui étaient soignées avec affection s'épanouissaient, tandis que celles qui étaient maltraitées dépérissaient. Elles semblaient donc dotées d'une certaine sensibilité, mais avaient-elles conscience de leur existence ? Aucune plante n'avait jamais parlé, ce qui laissait ces questions sans réponse. À présent, il avait l'impression que ces arbres émettaient des ondes mentales négatives pour le perturber, une idée étrange qui le troublait de plus en plus.

Pris de conscience de ce qui se déroulait en lui, il prit à nouveau le contrôle de sa physiologie. Il ralentit sa respiration et prit de profondes inspirations. Son rythme cardiaque revint à la normale. Il maîtrisa également ses pensées, se convainquant qu'un arbre était incapable de lui nuire. Il ne pouvait ni se déplacer ni brandir une arme pour le blesser.

Il retrouva progressivement son calme. Il ne se laisserait pas déstabiliser par une forme de vie qu'il considérait comme inférieure ! Il était déterminé à leur montrer de quel bois il se chauffait, une expression tout à fait appropriée compte tenu de la situation.

Il essaya d'attaquer cette végétation à la machette, mais eut l'impression de se heurter à de l'acier trempé. Malgré tous ses efforts, il ne réussit qu'à entailler légèrement une branche. À ce moment, il perçut un cri de douleur, non pas avec ses oreilles, mais comme une voix résonnant en lui. John était stupéfait. Un arbre pouvait-il réellement souffrir ? Plus surprenant encore, pouvait-il communiquer avec lui sans paroles ?

La stupeur de John augmenta encore lorsqu'il vit la branche suinter. En l'examinant de près, il constata qu'une sorte de sève verte coulait, puis se coagulait rapidement pour refermer la plaie qu'il avait causée. En moins de dix minutes à peine, l'arbre s'était complètement remis de sa blessure, et toute trace de l'entaille avait disparu.

John comprit alors que ses efforts étaient vains. La forêt ne le laisserait jamais passer, du moins pas par la force brute. Il existait peut-être un moyen de communiquer avec les arbres pour obtenir leur collaboration, mais ce genre de savoir lui était totalement étranger. Il prit la décision de faire demi-tour en empruntant le chemin par lequel il était venu, et de chercher un autre moyen d'accéder au sentier qu'il avait vu en rêve.

Le retour fut beaucoup plus facile, car il avait déjà dégagé le chemin. John arriva rapidement à la clairière qu'il avait découverte le premier jour. Là, il grimpa dans sa cabane dans les arbres et sombra rapidement dans les bras de Morphée.

Après une bonne nuit de repos, il décida de passer la journée sur la plage. Cette expédition dans la forêt l'avait exténué, et il avait besoin de se détendre avant de poursuivre ses investigations.

Il apprécia le plaisir de marcher les pieds nus dans l'eau et savoura la douce chaleur du soleil, qui brillait comme d'habitude dans un ciel sans nuages. Dommage que ce cadre fût gâché par le brouillard épais qui, comme John l'avait prévu, ne se dissipait pas.

Alors qu'il observait longuement le jeu des vagues, il se demanda si la mer était aussi dépourvue de vie que l'île. Il aurait tellement aimé pêcher un peu de poisson pour diversifier ses repas monotones ! Les beignets de calamar, les écrevisses décortiquées, les moules savoureuses lui faisaient déjà saliver, mais ses recherches restèrent infructueuses. Il ne trouva ni poisson, ni coquillage, ni rien de comestible. Il devrait donc se contenter de fruits pour le moment.

La vue de la plage s'étirant à perte de vue devant lui provoqua un déclic dans son cerveau. S'il ne pouvait pas traverser l'île à travers la forêt, les arbres lui interdisant tout passage, peut-être était-il possible de faire le tour de l'île en suivant la plage. Il pensait ainsi vraisemblablement trouver le début du sentier, car il devait forcément commencer dans un endroit accessible à un voyageur étranger arrivant par la mer, débarquant sur une plage ou une crique.

John décida de suivre la plage sur plusieurs kilomètres pour voir où elle le mènerait. Il gardait l'espoir d'atteindre son objectif, mais il commençait à ressentir un certain découragement. Ses efforts pour pénétrer la forêt dense l'avaient quelque peu épuisé.

Après environ une heure de marche, comme il s'y attendait, la plage prit brusquement fin, laissant place à une succession de falaises abruptes qu'il était impossible de contourner à pied. Pour poursuivre son exploration, il devrait emprunter la voie maritime. Il allait devoir utiliser à nouveau le bateau.

CHAPITRE 3

John estimait le contour des côtes à environ deux cents kilomètres, bien qu'il ne puisse l'affirmer avec certitude, faute de points de repère suffisants. Entreprendre le tour de l'île allait prendre du temps, et il devait emporter quelques provisions pour subvenir à ses besoins en nourriture et en eau potable.

Il se mit rapidement à l'œuvre et passa toute la journée à cueillir le seul type de fruit qui poussait sur l'île. En ce qui concerne l'eau, il utilisa les tonneaux vides qu'il trouva dans la cale du bateau. Comme il était seul, il ne pouvait pas transporter un tonneau plein, ce qui l'obligea à effectuer plusieurs allers-retours avec des seaux pour le remplir.

Ainsi équipé, il prit la mer le jour suivant, impatient de mettre fin à cette quête qui s'éternisait. Il partit à l'aube pour profiter de la clarté du soleil levant, ce qui lui permettrait de naviguer plus longtemps. La nuit, il ne pouvait pas distinguer la côte et devait jeter l'ancre dans une crique pour repartir le lendemain. Sinon, il risquait de passer à côté du sentier et être obligé de refaire le tour complet de l'île.

Il restait toujours ébahi par sa capacité à manœuvrer ce bateau tout seul. Certes, il n'était pas très grand, mais en théorie, il aurait fallu un équipage d'au moins dix hommes pour le diriger, et pourtant, il le gouvernait tout seul comme s'il s'agissait d'une simple maquette de modélisme. Il y avait là un mystère qui le dépassait. Était-ce une autre loi étrange de cette île ? Tout cela avait l'air irréel.

Les trois premiers jours se déroulèrent sans qu'aucun événement important ne vienne perturber le calme du voyage. Le même silence de mort régnait sur l'île. Le seul bruit audible était le clapotis de l'eau contre la coque du bateau et le souffle du vent dans les voiles. Aucun cri de mouette ne venait troubler la sérénité des lieux.

Le quatrième jour, il se tenait à la barre, plongé dans ses pensées. Il songeait à son monde d'origine, à sa vie bien réglée, à ses amis. Comme tout cela lui manquait ! Les premiers jours de son arrivée sur l'île avaient été bien remplis. Il avait eu suffisamment de défis à relever pour ne pas avoir le temps de penser à autre chose. Ce voyage en mer commençait à devenir monotone et n'apportait aucune stimulation positive à son esprit. Des idées noires l'envahissaient progressivement, forçant le barrage affaibli de son enthousiasme chancelant. Le terrain favorisait la mélancolie. Dans cet état d'abattement, il eut l'impression d'entendre une sorte de chant au loin, une mélopée enchanteresse qui semblait l'attirer. Sorti de sa torpeur, il perçut le son de plus en plus clairement et tenta de déterminer sa provenance. Il orienta instinctivement le bateau vers l'endroit d'où semblait émaner le son. Il agissait comme par automatisme, comme si ce n'était plus lui qui dirigeait l'embarcation, mais qu'une entité étrangère avait pris les commandes. Qu'importe ! Tout ce qui comptait pour lui à présent c'était de comprendre, enfin, les mystères de cette île.

Ce chant semblait lui indiquer la direction à suivre, devenant de plus en plus distinct à mesure qu'il se rapprochait de son but. Force amie ou ennemie ? Il était pris au piège. Il n'avait pas d'autre alternative que de se soumettre à la volonté de celui qui dirigeait ses actions en ce moment.

Il déboucha dans une crique où, dans une vision flash, le rêve qu'il avait eu plusieurs jours auparavant lui revint en mémoire. Il pouvait comparer l'image mentale et l'image réelle que lui envoyait le décor. Les deux se superposaient à la perfection. Le sentier débutait ici.

John retrouva soudain son optimisme et son enthousiasme. Il mit une barque à l'eau et accosta non loin du chemin. Il était toujours sous le charme de cette voix mélodieuse qui l'attirait, mais à cette volonté externe il ajoutait la sienne propre. Il n'avait plus qu'une seule envie : achever sa quête.

Le sentier s'ouvrait devant lui pour se perdre dans la forêt dense. Il n'hésita pas un instant et se mit en route. Il appréciait grandement la facilité de marche. Le chemin était clairement dégagé. Il n'avait plus besoin d'utiliser la machette pour lutter contre la végétation. D'ailleurs, il avait choisi de ne pas emporter avec lui ces outils encombrants qui ne lui auraient servi à rien. Si une force extérieure désirait le conduire, elle n'avait qu'à veiller à ce que le chemin soit praticable jusqu'au bout.

Il avança rapidement sur le sentier, mais à un certain point, il reconnut à nouveau le changement de végétation. Les arbres vivants, semblant dotés de conscience, étaient là, des deux côtés, prêts à se resserrer pour bloquer le passage.

John s'avança, craignant d'être étouffé. Les arbres semblaient se pencher sur lui, masquant le ciel à sa vue. La lumière du soleil ne perçait plus à travers ce toit végétal. L'obscurité régnait en maître, conférant un caractère maléfique à cet endroit.

Alors que l'angoisse commençait à le saisir, une voix se fit entendre. Elle entonna un chant d'une beauté extraordinaire qui s'éleva dans les airs, faisant vibrer la forêt environnante. Un frisson de peur sembla parcourir les arbres. Leurs branches s'écartèrent, libérant à nouveau le sentier, permettant à John de poursuivre sa route.

En fin de journée, il atteignit la base du cratère. Il lui restait encore environ mille mètres de dénivelé à gravir pour atteindre le sommet, mais il se sentait trop faible pour entreprendre cette ascension immédiatement. Le soleil se couchait déjà sur l'horizon. Il décida de passer la nuit sur place et de reprendre sa route le lendemain.

C'était la première nuit qu'il passait à l'intérieur de l'île, aussi éloigné de la côte. Toujours pas la moindre trace de vie animale, toujours le même silence pesant ! Pourquoi n'y avait-il même pas une mouche sur cette île ? En temps normal il l'aurait promptement écrasée, agacé par son impudence à le déranger dans ses travaux. Mais, dans la situation actuelle, il aurait considéré son bourdonnement comme une musique agréable, preuve qu'il n'était pas le seul être peuplant cette île. Il se serait même peut-être surpris à lui parler, comme si elle pouvait lui répondre. À quoi peut bien penser une mouche ? Mais, au lieu de cela, il ne pouvait entendre que le silence, si tant est que le silence puisse s'entendre.

Ces arbres inquiétants semblaient être la seule forme de vie de l'île. Ils avaient usurpé la place naturelle qui revenait à l'homme dans la création en tant que créature pensante et intelligente. Quelle bizarrerie !

La vue du ciel étoilé l'intriguait également. La disposition des étoiles ne correspondait pas à celle de l'univers connu.

À ces nombreux mystères s'ajoutait également sa capacité à manœuvrer un bateau d'assez grande taille, seul, alors qu'il n'avait aucune formation de marin.

Son cerveau fonctionnait à vitesse élevée, tel un ordinateur saturé essayant de résoudre une équation complexe. Quel était le lien entre tous ces éléments disparates ?

Une réponse lui vint en un éclair : les livres.

Tout ce qu'il vivait, il l'avait lu dans des livres. Cette forêt inquiétante ressemblait étrangement à celle dont parlait un conte de fées qu'on lui avait raconté dans son enfance.

Sa capacité à conduire une embarcation devait provenir des récits de Jules verne ou de « L'île au trésor » de Stevenson.

Mais pourquoi cette absence de vie animale et ce manque de variété dans les productions fruitières ? Ces questions le hantèrent alors qu'il sombrait dans un sommeil agité, ponctué de nombreux rêves.

Il fut tiré de son sommeil par les premiers rayons du soleil. Il s'étira, se leva, respira profondément l'air frais et pur, et se sentit prêt pour la phase finale de son ascension.

Elle fut laborieuse, le sommet du volcan culminant à plus de trois mille mètres. Le sentier serpentait sur des versants abrupts. Le sol était constitué de débris de roches volcaniques qui roulaient sous ses pieds, rendant la progression difficile. L'altitude élevée rendait aussi la respiration difficile en raison du manque d'oxygène. John dut s'arrêter à maintes reprises pour reprendre son souffle.

Après de longues heures de marche, ses jambes le trahirent, comme si elles se rebellaient contre le dictat de son système nerveux central, qui leur imposait un effort trop intense. Il chercha une pierre suffisamment grande pour s'y asseoir et se laissa aller. Sa tête était inclinée, son regard fixé sur le sol, marqué par les nombreuses éruptions du volcan qui avaient tout dévasté sur leur passage. Sa volonté fléchissait. Il sombrait dans un abattement profond. Son enthousiasme initial s'était évanoui, laissant place à la dictature paralysante du pessimisme morbide. L'espace d'un instant, son esprit effectua un zoom arrière, survolant la scène comme un vautour fonçant sur sa proie. Il se voyait, cadavre desséché en décomposition sous le soleil brûlant. Des chacals s'affairaient autour de lui. Voilà tout ce qui restait de John Anderson, l'homme aux multiples projets, désormais destiné à l'oubli par les générations futures.

Un chant plaintif s'éleva dans les airs, semblant répondre à sa mélancolie intérieure, brisant le fil de ses visions macabres et le ramenant à la réalité de son corps endolori.

Une énergie nouvelle l'envahit soudain, comme si une batterie de secours se branchait en lui. Sans vraiment comprendre ce qui se passait, il se retrouva debout, en route vers le sommet du volcan éteint, comme guidé par une force invisible.

Bien qu'un sentiment de fierté l'incitât à résister à cette emprise qu'il percevait comme une atteinte à sa liberté individuelle, il ressentait également une gratitude envers cette entité étrangère de l'avoir tiré de sa léthargie. Il savait qu'il n'aurait jamais eu le courage de continuer seul.

Finalement, comme dans son rêve, il se retrouva face à une porte encastrée dans le flanc du cratère. Elle était massive, gravée de caractères hiéroglyphiques, et semblait interdire l'accès à la salle intérieure. Une armée de géants n'aurait pas pu la faire bouger. À ce moment-là, la voix entonna un chant nouveau, profond et grave, qui semblait résonner dans les profondeurs de la terre. La porte s'ouvrit, dévoilant l'entrée du cratère.

John pénétra à l'intérieur. Après avoir emprunté un couloir sombre et sinueux, il déboucha dans une salle d'une ampleur impressionnante, où tout semblait fait de matériaux précieux. Il pouvait distinguer l'éclat doré de l'or, le scintillement vert des émeraudes, la pureté éblouissante des diamants, et une multitude de pierres précieuses inconnues pour lui.

Au fond de cette salle, un trône en or occupait une place majestueuse, accessible par neuf marches de marbre. Sur chacune de ces marches, de chaque côté, se tenaient des sculptures. À gauche, neuf sculptures, identiques à celles de droite, se faisaient face. Sur le trône siégeait un personnage âgé, ses cheveux blancs irradiant de lumière. En le contemplant, John eut une sensation de déjà vu, comme s'il le connaissait, bien qu'il fût incapable de préciser cette impression.

Le sage brisa le silence et commença à parler.

- As-tu déjà contemplé une splendeur semblable à celle qui emplit cette pièce ?

- Non, admit John, jamais auparavant.

- Tout ici est une merveille pour les yeux. Toutes les pierres et métaux précieux y sont représentés, aucun ne manque. Mais ils ne sont pas disposés au hasard. Ils sont arrangés de manière harmonieuse. Cette salle est une fresque vivante, un hommage au génie créatif. Chaque partie de cette mosaïque semble raconter son histoire, prête à s'exprimer. Imagine combien de livres seraient nécessaires pour retranscrire toutes ces impressions ! Combien de compositions musicales pour exprimer les émotions ressenties en présence de ces joyaux ! Sais-tu ce que représentent les statues sur les marches de marbre menant à mon trône ?

- Vu leur nombre, je suppose qu'il s'agit des neuf muses.

- En effet. Cette salle est dédiée à tous les arts.

- Et toi, qui es-tu ?

- La question serait plutôt : qui veux-tu que je sois ? J'ai remarqué ton étonnement à ton arrivée, comme si tu avais déjà croisé mon visage quelque part, sans pouvoir mettre un nom dessus. La réponse réside en toi. Sache que je peux prendre différentes formes. C'est toi qui as le contrôle. En venant ici, tu t'attendais à rencontrer un sage aux cheveux blancs, c'est donc cette forme que j'ai adoptée.

- Oui, mais le rêve que j'ai eu, ce n'est pas moi qui l'ai inventé !

- J'ai simplement guidé ce rêve. J'ai adopté une apparence conforme à tes attentes. Si j'étais apparu sous la forme d'un enfant, tu n'aurais pas pris ce rêve au sérieux, et tu n'aurais jamais entrepris les recherches qui t'ont mené jusqu'ici.

- C'est vrai. Mais pourquoi m'as-tu amené sur cette île ? Quelle est ma mission ici ?

- Je ne t'ai pas appelé ici. Tu es venu de ton propre chef.

- Comment cela ? J'ai été manipulé depuis le début. Je n'avais aucune intention de me retrouver sur cette île isolée. J'ai constamment été guidé par une voix qui m'attirait comme le chant des sirènes.

- Ne sous-estime pas le pouvoir de la musique !

- Que veux-tu dire par là ?

- La musique est un moyen d'accéder à d'autres univers. Chaque art peut être utilisé, mais chacun est sensible à un art en particulier. Pour toi, c'est la musique.

- Est-ce que tu insinues qu'il suffit d'écouter un morceau de musique pour être automatiquement transporté dans un autre univers ?

- Non, le morceau de musique qui t'a conduit ici, tu l'avais écouté bien des fois auparavant sans qu'il ne se passe rien. Ce jour-là, lorsque tu as basculé dans cet univers, tu étais dans un état d'esprit particulier. Tu étais profondément triste, en proie à une dépression intense que tu n'avais jamais connue auparavant. Cet état d'esprit, combiné à cette musique mélancolique que tu écoutais, a ouvert une porte vers l'univers dans lequel tu te trouves maintenant.

- Donc, si je comprends bien, dit John, la musique agit comme un catalyseur.

- En quelque sorte ! C'est un moyen de donner à un univers imaginaire une consistance quasi matérielle. Car, ne te méprends pas, cet univers-ci n'est pas réel. Ce n'est qu'une illusion. Mais pour toi, il semble bien réel grâce à tes sens modifiés par la musique.

- Veux-tu dire que tout cela est le fruit de mon imagination ? Que j'ai créé cette île de toutes pièces ?

- Avec l'aide de la musique, précisa le sage.

- C'est difficile à croire. Si j'ai réellement créé cette île, j'aurais peuplé cet endroit de gens, d'animaux, et j'aurais ajouté une plus grande variété de fruits. Parce que le seul fruit comestible ici est excellent, mais à la longue, c'est un peu monotone.

- On ne peut pas construire un château de cristal avec des briques, dit le sage.

- Qu'est-ce que cela signifie ?

- Que pour concevoir un univers merveilleux, tu dois utiliser les matériaux appropriés. Regarde cette salle ! Pour la créer, il a fallu des pierres précieuses, de l'or, du marbre. Elle n'a pas été conçue avec des briques, du ciment, du fer. Et pourtant, c'est toi qui l'as conçue ! Oui, ne sois pas étonné ! Tu l'as créée avec le peu de matériaux précieux qui étaient à ta disposition. Tu n'en avais pas suffisamment pour recouvrir tout cet univers.

- Où puis-je trouver davantage de trésors ?

- Puise dans des créations artistiques plus riches que celle que tu écoutais lorsque tu es arrivé ici ! Si cette île est si pauvre et dépourvue de vie, c'est parce que la musique que tu as utilisée pour la créer était triste, dénuée d'une grande variété d'émotions. C'est pourquoi il n'y a qu'un seul fruit comestible ici. De plus, ton état d'esprit n'était pas favorable. Tu désirais la solitude et tu l'as obtenue. L'île est déserte. Pourtant, au fond de toi, subsiste un soupçon d'espoir, ce qui explique ta présence ici. Tu dois retrouver confiance en toi, développer ton pouvoir créatif. La vocation de l'homme est de créer, d'enrichir le monde qui l'entoure. Aie confiance en toi !

- Moi, un créateur ? C'est vrai que j'ai de l'imagination. Mais regarde ce que j'ai créé : un univers terne, sans vie !

- Tu en es encore aux prémices. La création de cette île est un bon début. Tu dois surmonter tes blocages. Si tu as conçu des arbres conscients qui te bloquaient, c'est que tu ressens des résistances, des obstacles à ta créativité. N'oublie pas comment la voix a influencé la végétation lors de ton ascension du sentier. Rappelle-toi également comment le chant profond a ouvert la porte de pierre menant à l'intérieur du cratère. La musique a un pouvoir considérable, elle ouvre des portes. Utilise-la à bon escient ! Découvre d'autres univers et développe ta créativité !

À cet instant, la salle perdit sa consistance matérielle. Tout devint flou. John se sentit comme happé dans un tourbillon qui lui faisait tourner la tête et obscurcissait ses pensées. Dans le lointain, il croyait percevoir une voix familière qui l'appelait. Plongeant toujours plus profondément à travers ce tunnel sans fin, la voix se faisait de plus en plus claire. Émergeant soudainement de ce trou noir, un univers différent commença à prendre forme autour de lui. Ouvrant les yeux, il reconnut le décor familier de sa chambre. Il était assis à son bureau et sa mère l'appelait :

- John ! Téléphone pour toi !

- Qui est-ce ?

- Alex.

Alex était son meilleur ami. Il était plus jeune que lui, mais ils s'entendaient à merveille. Ils étaient toujours partants pour des sorties ensemble. Ah ! Pourquoi les filles ne pouvaient-elles pas être comme lui ? Elles étaient si illogiques et lunatiques par moments !

- Allo, Alex !

- Salut John. Je t'appelais pour voir comment tu allais.

- Bof ! Ça pourrait aller mieux !

- Qu'est-ce que tu fais en ce moment ?

- Pas grand-chose. J'étais en train de rêvasser.

- Tu n'aurais pas envie de sortir ? Ça te changerait les idées.

- Qu'est-ce que tu proposes ?

- Je ne sais pas. On pourrait aller au Madiran boire un verre. Je demande à mon frère et à ma sœur s'ils veulent venir avec nous.

- Ok. J'arrive. Mais je préférerais qu'on y aille seuls, tous les deux. Il faut que je te parle.

- D'accord. Si tu veux. De toute façon, ils sont toujours fatigués. Deux de tension et trois de pression !

- À tout de suite.

John était content de pouvoir quitter un peu sa maison, où il se perdait en sombres pensées. De plus, le voyage un peu spécial qu'il venait de faire l'avait quelque peu bouleversé, et il fallait qu'il en parle à quelqu'un. Il savait qu'Alex le comprendrait. Il ne se moquerait pas de lui.

CHAPITRE 4

Vince ôta son casque à émissions encéphaliques. Après un dernier coup d'œil aux cadrans indicateurs de la PSYMUS 3, il lança la procédure d'impression. Dans quelques minutes, il aurait le compte-rendu complet de son intervention.

Il se dirigea vers le distributeur de boissons. La machine, détectant son intention, lui adressa la parole.

- Voulez-vous quelque chose de chaud, Concepteur ?

À ces mots, Vince ne put s'empêcher de songer avec admiration à tout ce que les machines étaient désormais capables d'effectuer grâce aux découvertes dans le domaine de l'intelligence artificielle. Tout avait commencé lorsqu'une équipe de neurologistes avait réussi à percer les derniers mystères entourant le fonctionnement du cerveau. Le résultat de ces travaux avait ensuite été confié à des électroniciens et des informaticiens, qui avaient été en mesure d'établir de nouveaux concepts révolutionnant la robotique.

La puce INTELSUP avait été créée et fabriquée en grande série, réduisant considérablement son coût. Désormais, même les distributeurs de boissons en étaient dotés, leur permettant de communiquer et de reconnaître les employés qui les utilisaient régulièrement.

- Je voudrais une infusion, répondit Vince à la machine.

- Nous en avons de nombreuses sortes, Monsieur. Avez-vous un souhait particulier ?

- Euh … non, pas vraiment.

- Puis-je vous conseiller du mertal ? C'est une plante à saveur très agréable. En plus, elle a un effet calmant et régénérateur. Je pense que c'est le choix le plus adapté à votre état. Vous me semblez un peu tendu !

Les machines étaient-elles même capables de percevoir les émotions humaines ?! Vince prit la boisson et la porta à ses lèvres. La machine ne lui avait pas menti. Elle avait un parfum agréable. En jetant un coup d'œil à l'étiquette attachée au sachet, il lut que cette plante provenait de P-LARGO. Il n'avait jamais entendu parler de cet endroit, mais son nom indiquait qu'il s'agissait d'un univers créé par la « Guilde des Peintres ».

Il existait trois grandes guildes : la « Guilde des Peintres », la « Guilde des Écrivains » et la « Guilde des Musiciens ». Ces trois guildes avaient la même vocation : créer des univers. Chacune excellait dans son art respectif pour atteindre cet objectif.

Chaque créateur d'univers attribuait un nom à son œuvre, précédé par la lettre P pour les peintres, la lettre E pour les écrivains, et la lettre M pour les musiciens. Chacun de ces univers était particulier, reflétant la personnalité de son créateur. Lorsqu'un univers avait été créé, la « Corporation des Explorateurs d'Univers » se chargeait de découvrir toutes les choses utiles qu'il pouvait fournir. C'est ainsi qu'on importait toutes sortes de produits, comme cette plante dont il buvait une infusion.

Vince faisait partie de la « Guilde des Musiciens ». Contrairement à ses confrères, il pensait que la musique pouvait servir à autre chose qu'à créer des mondes. Il croyait fermement que la musique pouvait également servir à bâtir sa personnalité intérieure. Jusqu'à présent, il avait l'impression de prêcher dans le désert.

On lui avait bien accordé l'autorisation de créer une section de musicothérapie, mais personne ne semblait le prendre au sérieux. Il avait l'impression de passer pour une sorte de charlatan, un illuminé qu'on considère avec un sourire aux lèvres, une sorte de pitié à l'adresse d'un attardé mental dont on n'osait pas se moquer par principe.

Il ne se laissait pas démonter pour autant. Il était profondément convaincu d'avoir raison. On lui avait accordé un délai d'un an. Tout ce qu'il lui fallait, c'était une preuve, et voici que le cliquetis de la PSYMUS 3 lui annonçait qu'elle venait de tomber sur son bureau., tout juste sortie de l'imprimante telle un gâteau bien chaud tiré du four.

Il respira profondément, tenta de retrouver son calme. Il devait garder une attitude digne et sérieuse pour ce qu'il avait à faire.

Il décrocha son vidphone.

L'image de la secrétaire personnelle du Superviseur général de la « Guilde des Musiciens » apparut à l'écran.

- Bonjour, Béatrice. Veuillez avoir l'amabilité de prévenir Monsieur le Superviseur général de mon arrivée imminente. J'ai quelque chose de très important à lui montrer.

- Mais …

Vince avait raccroché. Il s'était attendu à une objection de la part de la secrétaire, une excuse du genre : « M. le Superviseur général ne peut pas vous recevoir, il est en réunion. ». En lui raccrochant au nez, il la mettait au pied du mur. Elle se voyait dans l'obligation de parler de son appel au Superviseur général.

Il espérait que la curiosité, si commune aux hommes, pousserait le Superviseur général à lui accorder l'entretien qu'il réclamait. Ses projets d'avenir dépendaient du succès de son entreprise.

Il mit sa veste, jeta un coup d'œil dans le miroir pour voir de quoi il avait l'air, rectifia un peu ses cheveux et prit une allure décidée pour se rendre au bureau du Superviseur général.

En passant devant la salle des archives, il ne put s'empêcher de jeter un coup d'œil en direction de la secrétaire chargée de consigner les entrées et sorties des documents.

Elle lui lança un petit sourire timide. Il soutint son regard. Elle rougit légèrement et baissa la tête.

Tout en marchant, il se dit qu'il n'était qu'un idiot de ne pas aller l'inviter. Il hésita un instant, voulut revenir sur ses pas pour mettre en action ce qu'il venait de penser, mais pour l'instant, il avait une tâche plus urgente à accomplir. Il serait aussi plus détendu après son entrevue.

Perdu dans ses pensées, il croisa un technicien en uniforme vert, la couleur de la compagnie énergétique. Il se prit à songer à ce que serait sa vie s'il n'avait pas été admis au sein de la « Guilde des Musiciens ».

La sélection commençait très jeune, car on pensait que le génie créatif se manifestait très tôt. Les critères de choix étaient l'intelligence et, surtout, les aptitudes créatrices. Chaque membre de la guilde apprenait à jouer de trois instruments de musique au moins. Il recevait aussi un cours complet de composition musicale. La musique n'avait plus de secret pour lui. On lui apprenait aussi à donner corps à la musique, en créant des univers musico-mentaux.

Cette capacité suprême constituait le sommet de l'apprentissage des membres de la guilde, au prix d'efforts considérables. Certains ne parvenaient jamais à l'acquérir et étaient réorientés vers des corporations moins prestigieuses, comme celle de l'énergie.

Ceux qui réussissaient obtenaient le titre de Concepteur, ouvrant ainsi la voie à une carrière prestigieuse au sein de la guilde.

C'est le travail intense sur leur personnalité, nécessaire pour atteindre le sommet, qui avait inspiré à Vince le concept de musicothérapie, une création d'un univers intérieur parallèlement à l'univers extérieur. Il en avait déduit que cette technique pouvait être utilisée dans l'autre sens, à des fins de guérison.

Il arriva au secrétariat du Superviseur général.

Béatrice, la secrétaire, lui lança un regard furieux.

- J'espère que ce que vous avez à annoncer au Superviseur général est vraiment d'une importance capitale. Sinon, cela risque de mal tourner pour vous !

Vince la toisa. Elle avait la quarantaine bien sonnée. Les rides qui marquaient sa peau flétrie étaient difficilement camouflées par une couche de fond de teint qui lui ôtait tout son naturel et sa fraîcheur. Qu'avait-il à faire avec une femme telle qu'elle ?!

Il répondit par le silence.

La secrétaire alla toquer à la porte du bureau du Superviseur général.

- M. le Concepteur Vince est là.

- Faites-le entrer !

C'était la première fois que Vince pénétrait dans le bureau du Superviseur général, le saint des saints de la guilde.

Il était impressionné par ce qu'il voyait. Le décor agissait instantanément sur lui. Une impression diffuse de vie émanait des murs environnants. Les tapisseries, les tableaux et tous les bibelots de cette pièce semblaient avoir été disposés avec soin pour créer une sensation de bien-être.

Il perçut également une musique diffusée en sourdine, à peine audible, une sorte de mélodie ondulante comme les vagues de la mer.

Vince se sentit instantanément détendu.

- Asseyez-vous, lui dit le Superviseur général.

Sortant de sa torpeur, Vince lui répondit :

- Ce décor est impressionnant ! Il semble réel, vivant, une sorte d'impression diffuse, difficile à cerner.

- C'est une œuvre originale créée en collaboration avec la « Guilde des Peintres », une illustration du pouvoir de la musique sur la matière. C'est volontairement que la musique est maintenue à un niveau très bas. Si on augmentait le volume, cette pièce pourrait subir des modifications profondes, voire dangereuses si elles devenaient impossibles à contrôler. Mais, assez parlé de décoration ! Vous avez demandé à me voir. Je suppose que le but de votre visite doit revêtir une grande importance.

C'était le moment que Vince attendait. Il leva la tête, regarda son interlocuteur fixement dans les yeux, sans sourciller, et commença son exposé.

- Vous vous souvenez de mon intervention devant le conseil de la « Guilde des Musiciens » il y a exactement onze mois de cela ?

- Si je m'en souviens ?! Les théories que vous avez exposées étaient tellement farfelues que vous pouvez vous estimer heureux de n'avoir pas été interné dans un asile. Si votre père n'avait pas été un membre estimé de la guilde, vous n'auriez jamais reçu les crédits pour ouvrir votre section de musicothérapie.

- C'est vrai que j'ai passé pour un fou, concéda Vince. Mais, tous les grands savants des siècles passés ont passé pour des illuminés, jusqu'à ce qu'on reconnaisse enfin la valeur de leurs travaux. Maintenant, on les considère comme des génies.

- Et vous rêvez d'en devenir un également ? Soyez raisonnable ! Vous avez dû abuser des voyages musico-mentaux !

- J'ai la preuve, affirma Vince avec conviction.

- Vous avez quoi ?!

- J'ai des preuves tangibles qui démontrent la validité de ma théorie.

En voyant le regard stupéfait du Superviseur général, Vince savourait cette sensation de victoire personnelle que connaît l'homme qui a enfin réussi à atteindre le but qu'il s'était fixé et à asseoir sa réputation face à ses détracteurs.

Il poursuivit :

- Cela fait maintenant onze mois que j'étudie la planète TERRE.

- Cette sorte d'hôpital pour détraqués ?!

- Je n'ai pas la même façon de considérer la situation. La planète TERRE est l'un des univers choisis par les guildes pour leurs membres qui ont perdu la raison. Elle constitue un cadre sécurisant pour ces malades. Ils ont l'impression de vivre dans un univers cohérent, inconscients de leur folie.

- Je sais cela aussi bien que vous. Mais, jusqu'à présent, toutes les thérapies qu'on a imaginées pour les soigner se sont avérées être un échec.

- Jusqu'à présent ! Mais, mon étude des malades de la planète TERRE m'a permis de bien comprendre l'influence que la musique peut avoir sur les gens. Elle n'a pas qu'une fonction de création d'univers. Elle a aussi une action importante sur la personnalité intérieure. J'ai observé beaucoup d'effets négatifs. J'ai vu des groupes « punk », « death » et autres sortes de musiques sauvages distiller la haine, la violence, le non-respect des valeurs morales les plus élémentaires. Mais, j'ai aussi observé des aspects grandement positifs de la musique. J'ai vu des gens s'épanouir en faisant de la musique. Pour eux, elle est toute leur raison de vivre. Elle leur permet d'exprimer toute une palette de sentiments, qui vont de la tristesse à la joie, du romantisme à l'enthousiasme.

- Oui, bien sûr. Il n'y a pas besoin d'être fou pour ressentir cela. Nous sommes tous sensibles à ces choses. Votre réaction en rentrant dans cette pièce en est une preuve convaincante. Ces malades de la planète TERRE resteront toujours des malades. La musique rend certains d'entre eux plus sensibles que d'autres, tout simplement. Elle ne leur rendra jamais la raison.

Vince sentit le moment venu de sortir son argument majeur. Il déposa le compte-rendu de la PSYMUS 3 sur le bureau du Superviseur général.

- Jetez un coup d'œil à ce rapport !

- De quoi s'agit-il ?

- Du rapport d'intervention thérapeutique sur un patient de TERRE.

Le Superviseur général analysa les chiffres du rapport.

- C'est impossible ! Il s'agit d'un profil psycho-créatif bien trop élevé pour un malade. Même certains élèves doués de la guilde n'ont pas un profil aussi élevé. Il doit s'agir d'une erreur.

- Non, pas du tout ! J'ai bien vérifié la machine. Elle fonctionne parfaitement. Ce patient a été victime d'un choc affectif qui a profondément influé sur son psychisme. Il a retrouvé une partie de ses pouvoirs qu'il possédait au sein de la « Guilde des Musiciens » avant son internement et il a créé un univers musico-mental. J'ai pénétré dans cet univers et je l'ai encouragé à poursuivre son activité de création. Si vous m'en donnez l'autorisation, je pense pouvoir le guérir rapidement.

- Comment s'appelle-t-il ?

- Je ne sais pas, dit Vince. Je n'ai que le matricule. Les noms des patients sont tenus confidentiels.

- Quel est son matricule ?

- M459. Est-ce que vous me donnez la permission de poursuivre ma thérapie ?

- À condition que vous me teniez informé de l'évolution des opérations.

- D'accord. Merci M. le Superviseur général.

Sur ces mots, Vince quitta le bureau du Superviseur général, convaincu d'avoir remporté une victoire éclatante.

Le Superviseur général décrocha son combiné et composa un numéro sur le clavier.

- Allo !

- Ici le Superviseur général. Je veux connaître le nom du patient portant le matricule M459.

- C'est illégal, Monsieur …

- Tout comme votre petit trafic de portaline !

- Bon, d'accord. Donnez-moi deux heures et je vous fournis le renseignement.

Il ne lui restait plus qu'à attendre. Il se leva et se dirigea vers la fenêtre de son bureau. Contemplant la ville qui s'étalait à ses pieds, il essaya de s'imaginer toutes les intrigues qui s'y déroulaient, comme cet employé subalterne qui se livrait au trafic de drogue illicite pour compléter ses revenus. Il l'avait découvert par hasard, et même s'il aurait pu le dénoncer à la police, il préférait conserver des moyens de pression sur des individus occupant des postes stratégiques. Sa politique portait ses fruits aujourd'hui.

Au bout d'une heure à peine, le vidphone sonna.

- Il s'appelle John Anderson.

Après avoir remercié, il coupa la communication.

CHAPITRE 5

La famille MANELI, d'origine italienne, comptait quatre enfants. Thierry, l'aîné, âgé de 23 ans, était électronicien. Il travaillait en tant qu'intérimaire dans une usine d'emballage en attendant de trouver un emploi mieux adapté à ses compétences. Thierry était d'un tempérament plutôt calme, voire un peu casanier, et appréciait grandement sa tranquillité.

Ensuite, il y avait Cathy, âgée de 21 ans, qui exerçait le métier de coiffeuse et était mariée depuis un an maintenant.

Alexandre, 19 ans, surnommé Alex, était le plus dynamique des trois aînés. Il était passionné par le sport, notamment le basket et le tennis, et avait toujours l'habitude de bouger et de sortir. C'était pourquoi lui et John s'entendaient si bien. Pendant le week-end, il était souvent difficile de les trouver à la maison. Alex avait également une passion pour la science-fiction, et tout ce qui concernait les paradoxes temporels. John et lui passaient de longs moments à débattre des mystères du temps.

Enfin, Sandra, âgée de 17 ans, suivait des études en comptabilité et, bien qu'elle n'en fasse pas étalage, elle était douée dans ce domaine.

Le père, Francesco, la cinquantaine passée, était maçon. Il travaillait dur pour subvenir aux besoins de sa famille.

La mère, Gina, la quarantaine, était complètement absorbée par les tâches ménagères.

John rendait souvent visite à cette famille. Il appréciait leur hospitalité naturelle d'Italiens. Chaque fois qu'il venait, le café était déjà servi et une boîte de biscuits s'ouvrait devant lui, sans qu'il n'ait besoin de le demander. Il faut dire que John raffolait des sucreries, du chocolat et des pâtisseries.

Ce jour-là, John se rendit chez cette famille, qui vivait à seulement six kilomètres de chez lui. Il sonna à la porte, et c'est Sandra qui vint lui ouvrir. Après les salutations d'usage, elle l'invita à entrer. Elle avait l'air particulièrement radieuse.

- Tu as l'air en pleine forme, Sandra !

- Oui, j'ai passé une journée géniale hier.

- Ah bon ! Qu'est-ce que tu as fait ? s'enquit John.

- J'étais à « Spatiopark ». C'était incroyable !

- Et, poursuivit John, qu'est-ce que tu as fait ce matin ?

- Comme d'habitude, quand je suis en vacances.

- Tu as dormi jusqu'à midi.

- Comment t'as deviné ?

- Depuis le temps qu'on se connaît ! conclut John en souriant.

Passant du hall d'entrée à la cuisine, il salua Gina, qui était absorbée dans des travaux de couture.

- Salut, John. Le café est prêt.

- Merci Gina. C'est toujours un plaisir de venir ici.

- Alors, quoi de neuf ? Tu n'as pas l'air en forme.

Prenant un air compatissant, elle ajouta :

- C'est à cause d'Olivia, n'est-ce pas ? Ne t'inquiète pas ! Elle ne te méritait pas ! Tu en trouveras une mieux qu'elle.

- Oui, facile à dire ! Alex est là ?

- Il vient de partir chercher sa raquette de tennis chez un copain. Il l'a emmenée là-bas pour la faire réparer. Il a dit qu'il n'en aurait pas pour longtemps. En attendant, bois ton café.

L'odeur du café italien envahit les narines de John, lui procurant instantanément une sensation de bien-être.

Il appréciait l'atmosphère qui régnait dans cette maison. Il y avait toujours du monde, les visiteurs se succédaient. La maison était pleine de vie. Cependant, John n'aurait pas aimé y vivre en permanence. Il aimait la compagnie, mais avait aussi besoin de moments de solitude pour se consacrer à ses diverses activités. Or, dans cette maison, on n'était jamais seul. Il y avait toujours une source de distraction.

Quand John avait terminé ses travaux, que son cerveau était quelque peu fatigué par de longues heures d'étude, et qu'il désirait trouver un peu de repos et de chaleur humaine, il venait se ressourcer chez les MANELI.

Perdu dans ses pensées, une tasse de café fumante à la main, il attendit patiemment qu'Alex arrive. Il n'était pas pressé de le voir débarquer. Il savourait ce moment de détente tout en songeant à l'expérience qu'il venait de vivre, son voyage un peu spécial.

- Ciao, John ! lança Alex en entrant dans la cuisine.

- Ciao, Alex ! Ça va ?

- Oui, et toi ?

- On fait aller !

- Je comprends, dit Alex. Écoute, je vais me changer. Ça ne va prendre qu'une minute. En attendant, je vais te montrer quelque chose que j'ai enregistré hier soir à la télé. J'ai pensé à t'appeler, mais il était déjà 23 heures. J'avais peur de réveiller ta mère, qui se couche tôt !

- Oui, j'ai vu. Vanessa Mae était sur la 6.

- Super, hein ! s'exclama Alex.

- Excellent ! ajouta John. Quand je l'écoute, je m'envole. Elle a un violon électrique d'une sonorité exceptionnelle, qui te prend aux tripes !

- Et en plus elle est mignonne, ajouta Alex, connaissant bien le faible de John pour les Asiatiques.

- Pas autant que Mariah Carey, dit Thierry qui venait d'arriver.

- On sait que tu préfères les blondes, taquina John, nous, c'est les brunes.

- Comme ça au moins on ne se marchera pas dans les plates-bandes, plaisanta Thierry.

Alex se prépara rapidement, et John et lui partirent en direction du Madiran.

- Qu'est-ce que tu as de bon ? demanda Alex dans la voiture.

- En ce moment, j'écoute ERGO SUM.

- C'est quoi ce truc ? Tu n'as pas autre chose ? Un ELOY ou un MARILLION ?

- Non, pas ici, mais j'ai NEUSCHWANSTEIN ou ATRIA.

- Allez, on va choisir NEUSCHWANSTEIN. Le nom d'un château en Bavière, ça sent le voyage !

Tout en roulant, John réfléchissait. Il se demandait à quel genre d'univers il pourrait accéder en écoutant ce groupe et quel état d'esprit il devait adopter pour effectuer le transfert. Le morceau s'intitulait « Intruders and the Punishment ». Il décrivait un bateau s'approchant d'une île pour piller un temple grec rempli de trésors. Le bras d'une statue pointait vers l'horizon, comme pour signifier de faire demi-tour. Cependant, les aventuriers avides continuaient leur navigation vers leur destin. Finalement, un volcan entra en éruption et engloutit l'île. Il était trop tard pour faire marche arrière ! Un moment de crainte saisit John, au volant de sa voiture. Il imagina être englouti dans cet océan en feu, tandis que son ami Alex trouverait la mort dans un accident de voiture, roulant à toute vitesse sans conducteur. Pour garder un état d'esprit neutre, il se sentit obligé de parler.

Tout au long du trajet, ils échangèrent des discussions légères, abordant divers sujets, comme à leur habitude. John ne voulait pas encore aborder le sujet qui le préoccupait tant qu'il ne serait pas confortablement installé pour y réfléchir clairement.

Le Madiran, leur destination, était un endroit agréable où ils pouvaient siroter des cocktails dans un cadre plaisant. Alex et John s'y rendaient souvent quand ils avaient besoin de discuter ou de trouver l'inspiration.

Au Madiran, ce soir-là, il n'y avait pas foule. Beaucoup de gens avaient sûrement profité du week-end ensoleillé pour s'évader à la campagne, afin de libérer le stress accumulé au cours de la semaine. Cette échappatoire était essentielle pour éviter que la tension ne monte à l'intérieur comme une cocotte-minute sur le point d'exploser. Cela arrangeait bien John, qui souhaitait trouver un peu d'intimité pour discuter paisiblement avec son ami.

En entrant dans le pub, il se dirigea instinctivement vers le fond, là où il avait l'habitude de s'installer. Le téléviseur diffusait en arrière-plan des clips d'une chaîne musicale, créant un bruit de fond qui couvrirait les propos importants qu'ils allaient échanger, les protégeant ainsi des oreilles indiscrètes.

Une serveuse s'approcha de leur table. C'était une femme d'une grande beauté, au style espagnol, à la peau d'un brun profond et aux cheveux couleur de jais. Elle portait un chemisier vert émeraude qui accentuait son charme méditerranéen. De ses yeux noirs émanait une séduction irrésistible. John ressentait cette attirance et regrettait de ne pas avoir une femme comme elle à ses côtés.

Ils commandèrent tous les deux un banana daïquiri, un cocktail à base de rhum blanc et de banane. Ce type de cocktail était généralement servi avec une tranche d'orange et une cerise confite. John aimait les déguster, car cela lui procurait une sensation de fraîcheur en bouche. Ensuite, il savourait la boisson elle-même.

Son palais délicat analysait les composants du goût, les transformant en une fresque colorée qui le transportait dans une vision d'une grande beauté. John abordait les boissons de la même manière que la musique, avec la capacité impressionnante de tout visualiser sous forme d'images. L'alcool, sans l'enivrer, facilitait ce processus. Il se sentait bien et détendu. Il se voyait sur une île des Antilles, se régalant de bananes et de rhum, dans la peau d'un redoutable pirate à la recherche de trésors cachés au fond des Caraïbes.

La lumière dans le pub diminua, créant une atmosphère encore plus intime, et l'alcool aidant, John se sentit encore plus enclin à parler. Les barrières tombèrent, sa langue se délia, et ses paroles s'accumulèrent, prêtes à jaillir. Il ne pouvait plus contenir ses pensées. Il devait se confier.

- Il y a quelque chose qui me préoccupe, Alex.

- Vas-y, parle ! Je t'écoute.

- Cet après-midi, j'ai vécu une expérience étrange. J'étais assis à mon bureau, plongé dans une profonde mélancolie. Je pense que tu sais pourquoi. Alors, j'ai décidé d'écouter l'adagio d'ALBINONI.

- Tu te mets au classique maintenant ?

- Je préfère toujours le rock progressif, mais depuis que je me suis mis au violon, je commence à apprécier certains morceaux classiques. D'ailleurs, de nombreux groupes de rock progressif réarrangent des morceaux classiques. Et puis, je trouve que l'Adagio d'ALBINONI est une musique très émouvante. Je l'aime particulièrement quand je me sens fatigué ou déprimé.

- Oui, tu as raison, j'aime aussi la version d'Yngwie MALMSTEEM.

- Donc, j'écoutais cette musique, poursuivit John, et j'étais vraiment captivé par elle. Mes yeux se sont embués, et soudain, je me suis retrouvé transporté sur une île perdue.

- Tu veux dire en rêve ?

- À vrai dire, je ne sais pas. J'avais l'impression d'y être réellement, en chair et en os.

John lui raconta en détail le récit de ses aventures.

- Je n'ai jamais entendu une histoire aussi incroyable que celle-ci, dit Alex.

- Moi aussi, j'ai du mal à y croire. Ce qui me tracasse à présent, c'est de savoir si c'était bien réel ou si ce n'était qu'un rêve éveillé, du genre de visions que peuvent avoir les personnes sous l'influence de drogues. Ils croient que c'est réel alors que ce n'est qu'une illusion.

- C'est très facile à vérifier, dit Alex. Tu n'as qu'à essayer à nouveau. Moi, je serai à tes côtés, et je te dirai si tu n'es parti qu'en pensée ou bien si tu as été transporté corps et âme à travers la quatrième dimension. Mais, à mon avis, ce n'était qu'une illusion, un produit de ton esprit.

- Il y a quand même quelque chose de bizarre, dit John. J'ai eu l'impression que mon voyage a duré au moins deux semaines. J'ai vécu plusieurs journées complètes, comme si j'y étais, et quand j'ai repris pied dans le monde réel, si je puis l'appeler ainsi, il ne s'était écoulé qu'à peine une heure.

- Cela peut s'expliquer par le décalage entre le temps subjectif et le temps objectif.

- Tu peux développer davantage ton idée, Alex ?

- Le temps objectif est celui que tu peux mesurer, celui que tu peux chronométrer de façon exacte. Il est lié à la matière et s'écoule à une vitesse définie, que tu ne peux pas modifier. Dans le monde des illusions, dans l'univers où tu t'es aventuré, par exemple, le temps objectif n'a aucune prise. C'est le temps subjectif qui y prévaut. Tu peux, en quelque sorte, en régler la vitesse, car il n'est qu'illusion. Tu as donc consciemment décidé d'aller plus vite que le temps objectif, un processus que tu ne maîtrises pas pour l'instant. C'est pourquoi tu as vécu en rêve deux semaines de temps subjectif pendant qu'une heure seulement s'écoulait dans le temps objectif.

- Si je comprends bien ton raisonnement, j'aurais également pu faire l'inverse. J'aurais pu vivre une heure de temps subjectif pendant que deux semaines s'écoulaient dans le temps objectif.

- Bien sûr, mais c'est moins intéressant ! Tu vieillirais trop rapidement, sans profiter pleinement de la vie !

- Je vois où tu veux en venir. Il est préférable de vivre plus longtemps dans l'illusion. Cela permettrait de décupler le nombre d'années d'existence.

- En théorie oui. Mais n'oublie pas que tu as besoin de ton corps physique pour cela. Même s'il ne participe pas directement au voyage, c'est lui qui fournit à ton cerveau les nutriments nécessaires pour entretenir le monde imaginaire qu'il s'est créé.

- Il faut donc manger et boire régulièrement, conclut John.

- Et aussi que tu fasses de l'exercice, sinon ton corps va s'ankyloser et tes muscles vont s'atrophier. Sans parler du danger qu'il y a à trop s'évader de la réalité. La folie te guette !

- Ce qui me rend fou, répliqua John, c'est ce monde dans lequel on vit. J'ai besoin de découvrir autre chose.

- N'abuse pas de ce genre de voyage, recommanda Alex. C'est comme une drogue. Ça procure un certain bien-être au début, du moins en apparence, puis finalement, tu ne peux plus t'en passer. Tu perds pied et tu perds le sens des réalités. Je ne veux pas que cela t'arrive.

- Dis ce que tu veux, Alex. Je vais tenter un deuxième voyage.

- Je ne peux pas t'en empêcher, mais laisse-moi alors rester à tes côtés pendant ce temps. Ainsi, je serai là pour t'apporter de l'aide en cas de problème.

- Crois-tu qu'il serait possible de partir à deux ?

- Non, je ne le crois pas ! C'est ton univers. C'est toi qui l'as créé. Il existe dans ta tête. Pour créer un univers semblable au tien, il faudrait que j'adopte le même état d'esprit que toi et que j'utilise les mêmes matériaux que toi pour construire ce monde. C'est impossible ! Et même si c'était possible, je pense qu'on vivrait simplement les mêmes expériences en parallèle, sans interaction entre nous. Si j'apparaissais dans ton rêve, je ne serais qu'une production de ton esprit basée sur le souvenir de moi enfoui dans ton cerveau.

- Ce que tu viens de dire est intéressant : INTERACTION.

- Où veux-tu en venir ?

- Je parle du rêve interactif, répondit John. J'ai lu un livre de science-fiction qui raconte une histoire de ce genre. Une équipe est envoyée en mission dans l'espace pour un voyage lointain, et pour passer le temps, ils dorment reliés ensemble par une sorte de casque à rêve, et ils rêvent ensemble : le rêve interactif.

- Ce n'est que de la science-fiction.

- C'est ce que disaient aussi les lecteurs de Jules Verne au début du siècle précédent. Pourtant, beaucoup de ses romans sont devenus réalité. L'homme est allé sur la lune. Je crois de la même manière que dans quelques années ou décennies, les scientifiques auront suffisamment compris le fonctionnement du cerveau pour créer le rêve interactif.

- Une sorte d'internet de l'illusion ? Oui, pourquoi pas ! En tout cas, pour l'instant ça n'existe pas, alors ne compte pas sur moi pour voyager dans ces univers étranges. Je serai juste à tes côtés pour t'aider, c'est tout.

- D'accord ! Alors, rendez-vous vendredi soir chez moi.

CHAPITRE 6

Plus que trois jours à attendre, trois jours pendant lesquels John réfléchissait intensément. Quel genre d'univers allait-il explorer à présent ?

Même s'il ne contrôlait pas tous les éléments de ce type de voyage, du moins pour l'instant, il disposait cependant de deux paramètres sur lesquels il pouvait agir, deux paramètres qui devaient s'accorder pour ouvrir les portes d'un autre univers. Il lui fallait choisir un état d'esprit à cultiver, et utiliser une musique en accord.

Déjà, il devait mettre de l'ordre dans ses pensées. Pour le moment, il ne savait pas exactement ce qu'il désirait réellement. Il restait tiraillé entre différents désirs contradictoires.

Jusqu'à présent, il n'avait été qu'un pantin manipulé par quelque force qui lui échappait. Il n'était pas réellement le maître de sa vie. Il subissait passivement les événements. Et voilà qu'à présent, il devenait l'apprenti marionnettiste. Ses yeux s'ouvraient, et il apercevait les ficelles qui étaient attachées à ses membres. Il tirait timidement sur ces ficelles. La marionnette commençait à se rebeller contre son maître. Mauvais maître, d'ailleurs, qui l'avait fait jouer des scénarios médiocres, où les héros mythiques étaient absents et les fins heureuses devenaient inaccessibles.

Il était temps de mettre un terme à cette dictature du malheur programmé. Le pantin devait prendre sa destinée en main et écrire des scénarios mieux construits. Il ne resterait plus le figurant de l'histoire, le simple garde à la porte du château, voyant passer tous les personnages légendaires des contes de fées, tout en se nourrissant de rêves, car c'est tout ce qu'il pouvait espérer. Il revêtirait son habit de prince, enfourcherait son cheval blanc, et partirait à la conquête de sa princesse endormie.

Qu'il tardait à John de se lancer à nouveau à l'aventure, de s'évader dans le monde des illusions, dans son propre monde, celui qu'il aurait choisi.

Ce jour tant attendu arriva enfin.

- Salut Alex. Je suis content que tu sois venu. Mes parents sont partis pour la soirée et j'ai débranché le téléphone. Personne ne nous dérangera. J'ai hâte de commencer l'expérience.

- As-tu déjà défini quel genre d'univers tu veux explorer ? demanda Alex.

- Oui, je veux un univers complètement différent du précédent. Il faut déjà qu'il y ait une grande variété de fruits. Manger toujours la même chose, c'est insupportable !

- Ça t'a visiblement traumatisé !

- J'aimerais bien t'y voir ! Mange des pêches, rien que des pêches, tous les jours pendant deux semaines ! Tu deviendrais fou !

- Pourtant les marins ne vivent que de pêche et ils sont heureux, plaisanta Alex.

- Arrête tes jeux de mots stupides !

- Si on n'a plus le droit de plaisanter !

- Revenons aux choses sérieuses, dit John. Le premier monde ne me plaisait pas non plus pour une autre raison. Il n'y avait personne, pas âme qui vive, même pas un ver de terre ! C'était un monde mort !

- C'était à cause de ton état d'esprit.

- Oui, c'est vrai, reconnut John. Je voulais être seul. J'ai été gâté ! Je crois que ça a beaucoup favorisé ma guérison. Je suis en train de me remettre de ma peine. J'ai de nouveau envie de sortir, de voir du monde, d'être entouré.

- Tu voudrais donc un univers vivant, avec un tas d'habitants hospitaliers qui t'offriraient des fruits exotiques à volonté et te serviraient des cocktails maison pour te rafraîchir, résuma Alex avec un sourire amusé.

- Oui, pourquoi pas ? Ils m'accueilleraient tel un dieu tombé du ciel et me conduiraient dans une hutte ombragée où je serais assis sur un trône avec des serviteurs à mes côtés qui me feraient du vent avec leurs palmes, pour me rafraîchir.

- Jusqu'au jour où un de tes serviteurs verserait du poison dans ton cocktail, par jalousie.

- Génial ! Alex, tu as vraiment les mots adéquats pour réconforter ! ironisa John.

- Imagine un univers sans hommes alors !

- Oui, un univers rempli de jeunes filles au cœur pur. Oui, mais ça ne sert à rien ! Ce n'est pas moi personnellement qui crée l'univers. Je ne fais qu'atterrir dans la création d'un autre. C'est une vision qui m'est imposée. Je n'en suis que l'explorateur.

- Oui, dit Alex, mais avec les plus de cinq cents albums que tu possèdes, tu dois bien en avoir un qui décrit un univers assez proche de ce que tu veux.

- Attends voir ! Je crois que j'ai quelque chose qui fera l'affaire : « Islands », un concept-album qui raconte l'histoire de trois jeunes filles qui ont survécu à un cataclysme et qui se retrouvent seules sur une île perdue.

- Encore une île !

- Oui, mais totalement différente de celle où j'étais mardi. Franchement, j'ai envie d'aller y faire un tour.

- Bonne chance John !

John s'approcha de sa chaîne stéréo, tenant un CD dans la main, comme s'il s'apprêtait à insérer les données dans une machine à voyager dans le temps. Le compartiment du lecteur s'ouvrit, et il y plaça le programme complet de création de l'univers dans lequel il allait plonger.

Il se prépara mentalement en chassant de son esprit toutes les pensées étrangères à sa mission. Rapidement, il atteignit un état de calme et de sérénité, le vent d'une île tropicale lui caressant déjà le visage.

Il activa alors le « catalyseur musical ».

Transporté par la voix enchanteresse de la chanteuse, son corps commença à osciller. Il ressentit de profonds changements s'opérer en lui. Tout n'était que vibrations acoustiques. Son corps passait par divers stades, comme s'il essayait de se régler sur la bonne fréquence. Il entra en résonance avec la musique, ressentant une puissance intense l'envahir, le propulsant à travers l'infini de l'espace.

Il se vit à nouveau projeté à travers un long tunnel, une spirale sans fin, hypnotique. Fixant le centre de la spirale, il fut captivé. Les images se succédaient dans sa tête à une vitesse vertigineuse. Puis, le film ralentit, et une vision commença à prendre forme, devenant de plus en plus nette.

John se retrouvait à présent à bord d'une montgolfière. Étrange ! Pourquoi avait-il choisi ce moyen de transport ? Peut-être une réminiscence de « L'île mystérieuse » de Jules Verne, qu'il avait lu dans son enfance.

Contrairement à son premier voyage, où il avait su manier un bateau à la perfection, il ne se sentait pas maître de cet aérostat. Il conclut que cela devait être dû à son manque de lecture concernant ce moyen de locomotion.

En regardant en-dessous de lui, il se rendit compte qu'il survolait une île d'une beauté inouïe, aussi vaste que l'île « morte » de son premier voyage, mais radicalement différente à bien des égards.

Le premier changement significatif était la disparition de la brume. Tout était baigné de clarté, un univers dédié à la lumière. Le soleil brillait haut dans le ciel, réchauffant John de ses rayons bienfaisants. Il se sentait profondément bien, enveloppé par le bien-être que ce paradis terrestre inspirait.

La vie était présente. Des mouettes survolaient sa tête et le saluaient de leurs chants de bienvenue. Des chevaux sauvages gambadaient dans les prairies verdoyantes.

L'île se dévoilait devant lui dans toute sa splendeur. Le paysage offrait une grande variété. À sa gauche, des montagnes se dressaient, avec des falaises plongeant dans la mer. À sa droite s'étendaient de vastes plaines, des forêts majestueuses et des lacs miroitants. De longues plages de sable fin invitaient à la baignade dans une mer pure et cristalline, témoignage d'une île préservée de toute pollution, où l'empreinte destructrice de l'homme semblait absente.

John se réjouissait de la présence de la vie animale, mais à présent, il se questionnait sur la possibilité de trouver des habitants humains. Il ressentait un vif désir de rencontrer les autochtones, de partager avec eux les merveilles de cet endroit, de savourer la joie d'une vie agréable dans ce cadre idyllique.

Poursuivant son survol de l'île, il scrutait attentivement la moindre trace d'activité humaine : une habitation, la fumée d'un feu, un champ cultivé... Tous ces petits indices l'auraient rassuré quant à la présence d'êtres humains, mais jusqu'à présent, il n'apercevait rien qui s'en rapprochait.

Il continuait à observer avec une grande attention, tendu par l'espoir qui l'animait, quand soudain, au loin, il aperçut des formes agitées sur l'une des plages de l'île. Son cœur s'emballa sous l'effet de l'émotion.

Serait-ce des êtres humains ? C'est ce qu'il espérait ardemment. Cependant, il était difficile de le déterminer avec certitude. À cette distance, les figures n'étaient que des silhouettes indistinctes. Elles auraient tout aussi bien pu être des animaux jouant près de la mer.

Il devait se rapprocher pour en avoir le cœur net, mais malheureusement, il ne pouvait pas accélérer la vitesse de la montgolfière. Tout dépendait du vent, qui, heureusement, le poussait dans la bonne direction. Il ne lui restait plus qu'à cultiver la patience, en espérant ne pas arriver trop tard. Dans le cas contraire, il explorerait les environs du littoral. S'il s'agissait effectivement d'êtres humains, il devait y avoir des constructions à proximité.

En évaluant sa vitesse d'avancement et la distance restante à parcourir, il estima qu'il lui faudrait une heure tout au plus pour atteindre son objectif. Mais une heure peut sembler une éternité lorsque l'on est en proie à l'impatience. Chaque seconde semble s'étirer à l'infini. Chaque grain de sable qui s'écoule dans le sablier semble parcourir un chemin sans fin.

Finalement, lorsque le dernier grain entama sa descente vertigineuse à travers le col étroit de sa prison de verre, John put clairement identifier la nature des silhouettes qu'il avait aperçues une heure auparavant. Il s'agissait bien d'êtres humains, dont au moins l'un semblait être une femme, car elle arborait une magnifique chevelure noire qui descendait jusqu'à sa taille.

Il lui fallait à maintenant atterrir, en espérant que les autochtones soient accueillants. Comment devait-on s'y prendre pour poser cet engin ? Il essaya de puiser dans ses souvenirs. Il devait libérer de l'air chaud, c'est ce qu'il entreprit de faire. Il devait également calculer sa descente pour ne pas s'écraser en lâchant de l'air trop rapidement, ni tomber en pleine mer en amorçant une descente trop lente.

Cependant, il sous-estima sa descente, perdit de l'altitude trop rapidement. Il voyait la cime des arbres de la forêt, proche de la plage, se rapprocher rapidement. Il devait remonter un peu. Il réfléchit rapidement à la situation. Le seul moyen qu'il avait à sa disposition était de larguer du lest. Il tenta désespérément de le faire, s'emmêlant les bras sous l'effet de la panique. Malheureusement, il était trop tard pour réagir. La cime des arbres était toute proche.

La nacelle s'écrasa dans les branches, entamant une descente freinée par les arbres. L'enveloppe de la montgolfière se déchira et se prit dans les arbres, stoppant net la chute. John se retrouva suspendu à environ quinze mètres au-dessus du sol. Heureusement, la nacelle n'était pas trop endommagée, mais il était bloqué dans les hauteurs et devait trouver un moyen de descendre.

Il fit l'inventaire de ce qu'il avait à sa disposition et remarqua une corde d'environ dix mètres de long. Cependant, elle ne serait pas suffisante pour atteindre le sol.

En regardant en dessous de lui, il aperçut une branche solide à environ cinq mètres en dessous. Il pouvait essayer de la rejoindre en descendant en rappel. Il accrocha la corde à sa taille et fit passer l'autre extrémité autour d'une partie solide de la nacelle. Ensuite, il se laissa glisser doucement jusqu'à atteindre la branche inférieure.

Il lui restait encore dix mètres à parcourir jusqu'au sol. Il sécurisa la corde en l'attachant solidement à la branche et poursuivit sa descente jusqu'à terre.

Cet incident l'avait non seulement sérieusement retardé, mais en plus avait dû faire énormément de bruit. Son arrivée n'avait pas dû passer inaperçue.

Comme le groupe d'humains n'était pas venu à sa rencontre, John en conclut qu'il n'était pas agressif. Peut-être s'étaient-ils enfuis. Pour quelle raison ? Par peur ? Il lui faudrait à présent chercher toute trace qui lui permettrait de les découvrir et de comprendre la raison de leur crainte.

John arriva rapidement sur la plage et constata avec déception qu'il n'y avait plus personne. En examinant les empreintes sur le sable, il découvrit qu'elles menaient à un sentier qui se perdait dans la forêt. Il ne lui restait plus qu'à le suivre en espérant qu'il le conduirait quelque part.

Il se mit en marche, d'un pas alerte, espérant rattraper les fuyards. Ils ne devaient pas être très loin. En écoutant attentivement, il pourrait peut-être même les entendre avancer dans la forêt : un bruit de branche cassée sous leur pied, un bruissement de feuilles … Mais, hormis le chant des oiseaux et quelques écureuils qui sautaient d'arbre en arbre, il ne distinguait aucun bruit suspect.

Il arriva finalement à une croisée de chemins. La question se posa : quelle direction prendre ? Aucune trace de pas n'était visible sur le sol pour lui donner une indication. Plutôt que d'avancer au hasard, il décida de suivre une méthode. Il entreprendrait d'explorer tous les chemins possibles, en commençant par celui de droite, jusqu'à ce qu'il découvre où habitaient les autochtones de cette île.

Au bout de deux heures de marche à travers une forêt de plus en plus dense, accablé par la chaleur du soleil qui rendait la marche difficile, il arriva enfin à une clairière où il prit quelques instants pour réfléchir.

Ce sentier menait à une impasse. Peut-être que cette clairière remplissait une fonction particulière dans la vie des habitants de ces lieux, mais elle ne lui était d'aucune utilité pour l'instant. Il devait faire demi-tour et explorer un autre chemin.

Épuisé, il décida de poursuivre ses investigations le lendemain. Pour l'instant, il devait prendre un peu de repos. Il s'endormit aussitôt, à même le sol, et eut un rêve étrange.

Il vit une cabane construite dans les arbres, habilement camouflée par les branchages. Dans une sorte de zoom avant, son champ de vision engloba l'intérieur de cette construction. Trois jeunes femmes étaient installées autour d'une table et discutaient. John ne pouvait pas entendre leurs paroles, seulement un murmure en arrière-plan.

Soudain leurs voix devinrent claires et distinctes, et il put entendre leur conversation. Elles parlaient de lui, avec une inquiétude palpable. Qui était cet homme qui avait atterri sur leur île ? Beaucoup de leurs propos demeuraient mystérieux pour lui, évoquant une sorte de malédiction qui pesait sur elles. L'une des femmes le remarqua. Son regard trahissait une certaine panique. John se réveilla en sursaut, la sueur perlant sur son front, comme si cette panique était devenue la sienne.

Il eut alors l'impression d'être observé. Restant immobile et silencieux, il tenta de mieux définir cette sensation. C'était similaire à ces moments où il sentait que quelqu'un se trouvait derrière lui. Il ne pouvait donner d'explication logique ou rationnelle. Certains appellent cela l'intuition. Il était convaincu qu'il était surveillé par quelqu'un, et il essayait d'identifier la cachette de cette personne.

Après un moment, il perçut un léger mouvement provenant d'un fourré à proximité du sentier qu'il avait emprunté pour arriver là. Gardant une immobilité feinte, comme s'il était toujours endormi, il observa attentivement ce coin de la forêt. La lueur de la lune était faible, ne lui permettant pas de distinguer grand-chose. Cependant, en laissant ses yeux s'habituer à l'obscurité, il espérait discerner des détails intéressants. Peu à peu, il distingua une silhouette se dessinant clairement.

La forme était à environ dix mètres de lui. Il envisagea brièvement de s'approcher rapidement, de l'attraper, et ainsi d'avoir quelqu'un à interroger ainsi qu'un précieux guide pour le mener vers les siens. Cependant, pour réussir, il devait agir comme un prédateur, rapide et silencieux, fondant sur sa proie tel un lion. Concentré, il replia ses membres sous lui pour être prêt à bondir. Il attendit un instant, cherchant le moment idéal pour agir.

Soudain, un nuage passa devant la lune, plongeant la clairière dans une obscurité plus profonde. Il se détendit tel un ressort, espérant prendre la silhouette par surprise. En un éclair, il se trouva près du fourré. Cependant, il ne fut pas assez rapide. Ses doigts ne touchèrent qu'un bout de tissu de la tunique, qui resta définitivement hors d'atteinte.

La frustration l'envahit. Il fit les cent pas pour se calmer, rassembler ses pensées. Il devait faire le point sur les nombreux événements de cette soirée.

Tout d'abord, il y avait eu ce rêve étrange, comme lors de son premier voyage. Est-ce que quelqu'un tentait à nouveau de le guider ? Il se souvenait comment, sur l'île précédente, il avait rêvé d'un sentier conduisant à une salle creusée dans la montagne, et comment il l'avait trouvé grâce à ce rêve. Tout au long de ce voyage, il avait été guidé par une voix étrangère.

Et voilà qu'à nouveau, il faisait un rêve similaire. Cette fois-ci, il avait clairement vu une cabane construite dans les arbres. Un détail intéressant lui revint en mémoire : à travers l'une des ouvertures pratiquées dans la cabane, il avait aperçu une magnifique cascade. Ce qui aurait pu passer pour un simple détail prenait désormais une importance considérable et allait grandement faciliter ses recherches. Il n'avait plus besoin de fouiller toute la forêt, il lui suffisait de trouver un cours d'eau et de le remonter jusqu'à la cascade près de cette habitation.

Lorsqu'il avait survolé l'île en montgolfière, il avait noté divers détails de sa topographie. Il se souvenait avoir observé un cours d'eau assez important descendant de la montagne au loin, traversant toute la forêt pour finalement se jeter dans la mer, à moins d'un kilomètre vers l'ouest d'ici. Il pourrait l'atteindre rapidement et le suivre jusqu'aux chutes.

Bien qu'il ait eu envie de se rendormir, son excitation l'en empêcha. Il décida de repartir immédiatement, suivant le chemin qu'il avait emprunté la veille.

Il atteignit la plage après trois heures de marche, légèrement retardé par le manque de luminosité, puis longea la côte vers l'ouest à la recherche de l'embouchure de la rivière. Il la découvrit dans une crique et entreprit aussitôt de la remonter en suivant la rive gauche.

La progression était difficile, la végétation devenant de plus en plus dense à mesure qu'il avançait. Il aurait apprécié disposer d'une embarcation pour naviguer sur l'eau, ce qui aurait été plus agréable, mais il ne disposait ni des outils ni du temps nécessaire pour cela. Il était concentré sur son objectif et espérait atteindre rapidement la fin de ce périple.

Il perçut soudain le bruit d'une chute d'eau. Il touchait enfin au but ! Il ne tarderait pas à apercevoir la cabane. Il devait désormais avancer avec la plus grande discrétion pour ne pas se faire repérer.

Il ralentit son rythme, faisant attention où il posait les pieds. Il devait éviter de faire craquer les branches, ou de provoquer le moindre bruit qui pourrait trahir sa présence aux habitantes de la cabane.

Bientôt, il fut suffisamment proche pour l'examiner de près. Elle était conforme à ce qu'il avait vu en rêve, et elle était vide pour l'instant.

John s'attendait initialement à trouver un village et était surpris de ne découvrir qu'une seule habitation. Est-ce que la population de l'île se résumait à trois personnes ? Tout cela semblait étrange pour une île de cette taille.

Il se rappela alors que lors de son survol en montgolfière il n'avait repéré aucune trace d'activité humaine sur l'île avant de voir les trois silhouettes humaines sur la plage. Tout ceci devenait de plus en plus énigmatique. Puisque les lieux semblaient déserts pour l'instant, il décida d'explorer les environs.

La cabane était une structure en bois construite en hauteur, dans les arbres. Pour y accéder, une échelle de corde était utilisée, et il était possible de la retirer une fois en haut pour empêcher tout accès. Elle était déployée jusqu'au sol et John l'utilisa pour grimper.

Il entra dans une pièce qui semblait être la cuisine, celle qu'il avait vue en rêve. Elle était équipée de manière très rudimentaire, avec seulement une table et quatre chaises, comme si l'une d'entre elles était destinée à un visiteur inattendu. Une ouverture dans l'un des murs donnait sur une cascade, un paysage d'une beauté époustouflante dont la vue matinale devait instantanément revitaliser.

À partir de la cuisine, il y avait quatre pièces adjacentes. Trois d'entre elles étaient des chambres, meublées également de manière simple, avec un lit, une petite table pour servir de bureau, et une chaise. La quatrième pièce ressemblait à un débarras où étaient entreposés divers objets, ainsi que des provisions.

John décida de se cacher dans cette pièce de rangement en attendant le retour des habitantes. Cela lui permettrait de les surprendre et d'obtenir les informations qu'il cherchait. Il ne lui restait plus qu'à patienter jusqu'à leur retour.

Pendant qu'il attendait, il se perdit dans ses pensées, repassant en revue tous les événements des deux dernières journées. C'était un peu comme essayer de résoudre un puzzle sans avoir toutes les pièces nécessaires pour reconstituer l'image complète. Les pièces semblaient ne pas s'emboîter correctement, comme si elles provenaient de puzzles différents, créant un ensemble disparate de clichés isolés et inexploitables. Il avait besoin de trouver d'autres pièces pour éliminer celles qui ne correspondaient pas à l'histoire.

Un bruit lointain commença à se faire entendre, des pas résonnaient sur le sentier, accompagnés d'un brouhaha indistinct de voix.

Les occupantes de la cabane étaient en train de revenir. Il devait se maintenir discret pour ne pas être découvert trop tôt. Il était comme un acteur de théâtre qui devait soigneusement préparer son coup d'éclat. Il devait entrer en scène au moment approprié, ni trop tôt ni trop tard, car cela aurait anéanti l'effet dramatique.

Il les entendit monter l'échelle de corde, et la cuisine attenante s'anima. La porte de la remise où il était caché s'ouvrit soudainement, et il ressentit un serrement au cœur. Allait-il être découvert ? Tous ses projets risquaient-ils de s'effondrer comme un château de cartes mal assemblé ? Il se tint tapi dans un coin, son corps dissimulé derrière des lattes inutilisées.

À travers les lattes, il aperçut une femme entrer dans la pièce et déposer un panier rempli de fruits. Ces fruits, il les avait déjà découverts par lui-même. Quelle différence par rapport à l'île précédente, où un seul type de fruit était disponible. Ici, il y avait des mangues, des ananas, des pastèques… une variété de couleurs, de formes, de parfums et de saveurs flattant à la fois sa vue, son odorat et son palais dans un cocktail exotique qui exerçait sur lui tout son pouvoir attractif.

La porte se referma, et John entendit trois voix féminines entamer une conversation dans une langue qu'il reconnut comme de l'espagnol. Comme il avait appris cette langue lors d'un voyage à Majorque, où il avait découvert tout son charme, il put comprendre ce qu'elles disaient. Après avoir discuté de divers sujets insignifiants, elles commencèrent à parler de lui.

- D'où peut bien venir cet homme qui est arrivé dans un engin si étrange ?

- Je n'en sais rien ! Mais, cela ne me dit rien qui vaille !

- J'espère que ce n'est pas un de ces Matadors qui reviennent pour achever leur massacre !

- Il sait que nous existons. Mais, heureusement, il ne connaît pas l'emplacement de cette cachette ! De toute façon, aucun chemin tracé ne mène ici.

- De plus, en retirant l'échelle, la cabane devient inaccessible. Nous avons suffisamment de provisions dans la réserve pour résister à un siège prolongé.

- À moins que l'ennemi vienne de l'intérieur, lança John qui venait de pénétrer dans la cuisine.

Il avait choisi ce moment précis pour jouer son coup de théâtre. Les trois femmes étaient paralysées par l'émotion. En un instant, John était sur la trappe qui s'ouvrait vers le bas, leur coupant toute possibilité de fuite. Il devait maintenant gagner leur confiance avant que l'effet de surprise ne s'estompe et qu'elles reprennent leurs esprits. Bien qu'il fût physiquement fort, il n'aurait pas pu tenir tête à trois femmes réunies.

Il chercha rapidement une idée pour se sortir de cette situation délicate. Ses yeux se fixèrent sur la corbeille de fruits posée sur la table, et il eut une illumination. Il se mit à imiter un chimpanzé, reproduisant ses mimiques et son cri. Il se frappa la poitrine en émettant des « Ouououououaaaaaa ! » comiques. Il se précipita sur les fruits, prit une banane et l'ouvrit dans un coin, continuant ses singeries. Face au regard étonné des trois femmes, il s'approcha de l'une d'elles avec un air penaud, lui tendant la banane entamée dans ses deux mains jointes. Elles éclatèrent de rire, un rire qui résonna aux oreilles de John comme une victoire. Il les avait conquises. Il n'avait désormais plus rien à craindre de leur part. Il jeta le fruit entamé par la trappe qui s'ouvrait dans la cuisine et s'assit à table, utilisant la seule chaise restée vide. Il commença à s'exprimer en espagnol, aussi bien que ses compétences linguistiques le lui permettaient.

- Je m'appelle John, dit-il, et vous ?

Après un moment de silence, celle qui semblait la plus impulsive des trois répondit :

- Je m'appelle Laura, et voici Lumi et Magdala.

- Je m'excuse de vous avoir fait peur, mais c'était le seul moyen d'entrer en contact avec vous. Pourquoi vous êtes-vous enfuies quand je me suis écrasé près de la plage où vous étiez ? Craignez-vous un danger ?

Cette question fuit suivie d'un long moment de silence, comme si John avait touché à un secret que ses interlocutrices s'efforçaient de cacher aux oreilles des non-initiés. En observant leur visage à toutes trois, John constata que celui de Laura, qui lui avait d'abord parlé, était troublé par de sombres pensées. Magdala semblait perdue dans un abîme de tristesse, ses yeux emplis de larmes. Lumi, qui était certainement la plus forte des trois, entama un long récit pour répondre aux questions de John.

- Vous avez certainement constaté, lors de votre voyage aérien, qu'il n'y avait aucune trace de présence humaine sur toute l'île.

- Oui, c'est vrai, cela m'a d'ailleurs beaucoup étonné, dit John. L'île est si grande et accueillante. Il devrait y avoir de nombreux habitants !

- La population de l'île se résume à trois habitants, et maintenant quatre, si vous comptez rester parmi nous. Il n'en a pas toujours été ainsi. Il y eut jadis une ère de paix et de prospérité, pendant laquelle les hommes et les femmes vivaient heureux, sans crainte et sans grand effort à fournir. Il suffisait de tendre la main pour cueillir les fruits délicieux que produisaient les arbres. L'eau pure coulait à volonté. Nul n'avait d'instinct guerrier. Pourquoi s'entretuer, alors que personne ne manquait de rien, que tous vivaient dans l'abondance ?!

- C'était le vrai paradis, quoi ! dit John.

- Oui, comme beaucoup se l'imaginent en rêve, poursuivit Lumi. Cependant, les humains devinrent de plus en plus oisifs et insouciants. Ils passaient leur temps à manger, boire, s'amuser et dormir. Un seul homme n'agissait pas comme les autres. Il s'appelait Munarva. C'était une sorte de sage, qui passait de longs moments seul dans la montagne pour méditer. À chaque fois qu'il revenait au village, occasionnellement, c'était pour pousser ses habitants à se réveiller, selon ses termes. Il annonçait la fin de l'ère de prospérité et la venue d'un cataclysme qui ravagerait tous les insouciants de cette île. Il déclarait que tout cela lui avait été révélé en vision dans un rêve qu'il avait chaque nuit. Il voyait l'homme à la faux dirigeant une flotte de bateaux noirs et massacrant tous les habitants de l'île, avant de repartir commettre d'autres méfaits. Personne ne le prenait au sérieux. On le surnommait le « prophète de malheur ». Pourtant, c'est lui qui avait raison. Un jour, on vit apparaître des bateaux à l'horizon. Ils portaient chacun un drapeau noir avec une tête de mort barrée de deux os. Ceux qui approchaient de l'île n'avaient visiblement pas de bonnes intentions. Nous étions certes assez nombreux pour leur résister, mais nul n'était prêt à se défendre. Il n'y avait jamais eu de combats auparavant, les armes n'existaient pas, et le peuple était bien trop lâche pour se battre. L'arrivée des bateaux fut accompagnée de coups de canon tirés en direction du village. Malheureusement, quelques personnes âgées, incapables de se mettre à l'abri, furent touchées et succombèrent sous les débris. Certains villageois, espérant en vain la clémence des envahisseurs, hissèrent un drapeau blanc sur la plage dans l'espoir de signifier leur volonté de paix. Le chef des envahisseurs, sans prononcer un mot, dégaina son épée et la planta dans le flanc de celui qui portait l'étendard. Celui-ci s'effondra dans une mare de sang, confirmant ainsi les intentions hostiles de leurs assaillants. La scène était si choquante que de nombreux spectateurs en restèrent bouche bée, paralysés par l'horreur de la situation. Face à la violence des agresseurs, la plupart des villageois ne purent esquisser le moindre geste de résistance et périrent instantanément. Les rares survivants, mus par leur instinct de survie, prirent la fuite. Cependant, leur course fut de courte durée, car les envahisseurs les rattrapèrent rapidement. Ils leur coupèrent les jambes pour les empêcher de s'échapper, puis les attachèrent à un arbre avant de mutiler leurs membres. Les atrocités commencèrent par l'amputation de doigts, puis d'autres doigts, et ainsi de suite, atteignant les mains, les bras et les oreilles. Les cris de douleur des victimes hantent encore mes pensées aujourd'hui. Ensuite, une troupe de ces individus cruels amena Munarva, le sage, enchaîné et ligoté. Il proférait des paroles apocalyptiques. Il était évident qu'il avait perdu la raison. Le chef des envahisseurs s'approcha de lui, lui coupa la langue d'un geste brutal et en fit un sinistre festin. Puis, il arracha les yeux du sage avant de le précipiter dans le vide depuis une falaise, le condamnant à une mort atroce sur les rochers en contrebas.

- Et où étiez-vous pendant ce temps ? demanda John.

- Magdala, Laura et moi avions l'habitude de jouer ensemble dans la forêt. Nous avons été alertées par le bruit du canon. Nous nous sommes arrêtées sur une colline qui surplombait le village, et c'est là que nous avons assisté à toute la scène. Heureusement pour nous, l'ennemi ne nous a pas repérées. Nous pleurions toutes les trois, mais nous sommes restées cachées. Finalement, les assaillants sont partis, et nous sommes descendues de notre colline pour aller voir ce qu'il restait du village. Tout était désolé, en ruines. Les rues et les maisons étaient jonchées de cadavres. C'était un spectacle désolant. Voir une île si prospère et si vivante l'instant d'avant devenir d'un coup un charnier où la mort est reine !

- Qu'est-ce que voulaient ces brutes ? Aviez-vous des richesses ou quelque chose qu'ils pouvaient convoiter ?

- Absolument rien ! Nos seules richesses étaient ce que la nature avait à offrir. Notre plus grande richesse était notre vie et la majorité l'a perdue. L'ennemi est venu semer la mort et il est reparti une fois son travail achevé. Munarva, le sage, nous en avait avertis, mais il est mort lui aussi. La connaissance de l'avenir ne lui a pas été d'une grande utilité pour sauver sa peau.

Lumi se laissa aller aux larmes, suivie par Laura et Magdala. John observa un long moment de silence pour leur permettre de retrouver leur calme. Elles retrouvèrent petit à petit leur joie de vivre coutumière. Pendant ce temps, John les observait.

Magdala dégageait un charme méridional incontestable. Chacun de ses traits exprimait la douceur et la chaleur humaine. Ses pommettes saillantes témoignaient de sa grande sensibilité. Elle était une personne qui s'exprimait avec le cœur. Son large sourire illuminait son visage, conférant à ses yeux une lueur de bonheur serein, teinté d'amour. Sa peau, d'une belle teinte brune, était d'une douceur exquise. Ce tableau magnifique était couronné par sa longue chevelure noire qui tombait jusqu'à sa taille. Son caractère était empreint de douceur, et elle était toujours prête à rendre service, faisant preuve d'une grande empathie envers les autres. Elle percevait le monde à travers ses émotions.

Laura se caractérisait par son charme pénétrant. Blonde aux cheveux coupés courts et rabattus derrière ses oreilles, elle avait un visage d'une grande finesse : son nez, ses lèvres et ses sourcils semblaient avoir été dessinés par un artiste raffiné. Ses yeux d'un bleu profond exerçaient une attraction irrésistible sur ceux qui y plongeaient leur regard. Elle avait un côté espiègle et aimait s'amuser, plaisanter.

Lumi était la plus intelligente des trois. C'était elle qui prenait la tête dans les opérations, planifiant et organisant avec précision. Son visage attrayant rayonnait d'une vivacité intellectuelle. Son front haut et bien défini reflétait des capacités intellectuelles remarquables, renforcées par un regard vif et pénétrant, semblant disséquer chaque élément pour une analyse approfondie. Son caractère dynamique ne diminuait en rien sa féminité. Elle utilisait son sourire comme une arme pour surmonter la résistance et savait mettre en valeur les courbes de son corps gracieux.

Voici un rapide portrait des trois femmes avec lesquelles John était destiné à passer plusieurs semaines de sa vie. Il était enthousiaste à l'idée de les connaître davantage. Il aurait pu se retrouver parmi un groupe de personnes âgées ! Il avait la chance d'être entouré de femmes d'une grande beauté. En tant que seul homme, il n'avait pas à craindre la moindre compétition.

John était en admiration devant le courage dont ces jeunes femmes avaient fait preuve pour réorganiser leur vie et continuer à avancer malgré les moments difficiles qu'elles avaient dû endurer.

- Cela n'a-t-il pas été trop dur pour vous ? Quel âge aviez-vous ?

- Nous n'avions que quinze ans, répondit Laura.

- Et aujourd'hui, nous en avons vingt-cinq, ajouta Magdala. Cela fait dix ans que nous n'avons vu personne !

- Personne, ni ami ni ennemi n'est jamais revenu sur cette île ?! s'étonna John.

- Non, dit Lumi, personne ! Avant que sa langue lui soit arrachée, Munarva a proféré à haute voix des paroles de malédiction sur cette terre. Nul n'a jamais osé la braver jusqu'à ce jour où vous êtes arrivé. Ne craignez-vous pas les malédictions ?

- Je ne crois pas à toutes ces sornettes, dit John. Ce ne sont que des paroles destinées à faire peur aux simples d'esprit.

- Pourtant, rétorqua Laura, tous nos semblables ont bel et bien été emmenés par les soldats de la mort !

John ne répondit rien à cette remarque. Il demanda :

- Cette cabane est magnifique. C'est vous qui l'avez construite ?

- Non, répondit Magdala. Nos habitations étaient plutôt simples, constituées de huttes en paille, faciles à construire. Notre peuple n'était pas porté vers les gros travaux de menuiserie et de maçonnerie.

- Et, ajouta Lumi, quand l'ennemi est parti, il a tout incendié derrière lui. Nous ne savions pas où aller et nous sommes tombées sur cet endroit par hasard. Nous ne savons pas qui l'a construit.

- En fait, dit Magdala, ce n'est pas vraiment par hasard. Nous avons toutes les trois fait le même rêve, où nous voyions une cabane avec...

- ... une ouverture donnant sur une cascade, termina John.

- Comment le savez-vous ? s'étonna Magdala.

- J'ai fait ce rêve aussi le soir où j'ai dormi dans la clairière, et où l'une d'entre vous m'a observé.

- Personne ne vous a observé ! s'exclama Laura.

- Je suis sûr d'avoir aperçu une forme humaine, en train de m'observer. Quand j'ai essayé de l'attraper, elle s'est enfuie dans la forêt. Comme il faisait noir, je n'ai pas bien distingué son visage. Je pensais qu'il s'agissait de l'une d'entre vous, expliqua John.

- Nous ne sortons jamais une fois la nuit tombée, dit Lumi. Nous restons ici, à l'abri de notre cabane.

- C'était peut-être un autre habitant de l'île, dont vous ignorez la présence, suggéra John.

- Nous n'avons rencontré personne depuis dix ans, dit Laura. Il n'y a personne d'autre que nous sur cette île. Vous devez avoir rêvé.

- C'est sûrement l'explication, dit John.

Cependant, en son for intérieur, il était convaincu d'avoir réellement aperçu quelqu'un.

- Et qu'est-ce qui s'est passé après que vous avez eu ce rêve ? demanda Laura.

- J'ai recherché un cours d'eau que j'avais aperçu en survolant l'île et je l'ai remonté jusqu'à cet endroit, où j'ai découvert la cascade et la cabane.

Lumi, l'intellectuelle du groupe, était pensive.

- Cela fait maintenant dix ans, dit-elle, que je m'interroge sur les mystères de cette île. Il semblerait que quelqu'un d'intelligent dirige les ficelles et arrange les événements comme bon lui semble. Il y a un fait particulier qui me tracasse. Lorsque nous avons découvert cette cabane, elle comportait la cuisine avec une table et quatre chaises et quatre pièces équipées comme des chambres avec une table et une chaise. Cette cabane était visiblement conçue pour quatre personnes. Or, nous n'étions que trois. Je me suis toujours demandé pourquoi. Si l'entité intelligente qui nous dirigeait avait réellement construit cette cabane pour nous, elle aurait fait trois chambres et non quatre. À présent, je comprends. Votre arrivée était programmée.

- Ce n'est qu'une théorie, dit John.

- Non, ajouta Lumi. C'est la vérité. Le rêve que vous avez eu en est la preuve. On vous a attiré ici, et ce dans un but bien précis.

John se rappela son premier voyage. Il avait également été dirigé dans sa quête et avait vécu des événements qui lui avaient apporté des connaissances importantes. Il se demandait ce que cette nouvelle expérience allait lui enseigner. Quoi qu'il en soit, quel que soit le scénario, les actrices qui participaient à cette aventure semblaient tout à fait à son goût. Il était prêt à poursuivre le déroulement de l'histoire tout en cherchant à mieux les connaître.

- La quatrième chambre est la pièce où j'étais caché ? demanda-t-il.

- Oui, répondit Lumi. Comme elle était inutilisée, nous en avons fait un débarras.

- Mais, ne vous inquiétez pas, dit Magdala d'une voix douce. Nous allons faire un peu d'ordre et vous pourrez y dormir. Considérez-vous comme chez vous !

Cette nuit-là, John eut du mal à trouver le sommeil. Trop de questions le tourmentaient. Qui était ce personnage énigmatique qui l'avait espionné la nuit précédente ? Il se dit que ce devait certainement être le même individu qui avait joué le rôle du sage lors de son voyage précédent. Quels desseins poursuivait-il en le dirigeant une fois de plus vers un endroit particulier, en l'occurrence cette cabane où il avait rencontré trois femmes qui semblaient sorties tout droit d'un conte de fées ?

Pourquoi la population de l'île se limitait-elle précisément à ces trois charmantes créatures ? Il n'aurait pas pu espérer mieux. Il était le seul homme de l'île ! Depuis le temps qu'elles étaient seules, tiraillées par leur instinct amoureux, elles devaient considérer sa venue comme une véritable bénédiction.

John était admiratif de leur courage. Elles avaient réussi à surmonter leur peine et à créer un cadre de vie agréable, malgré leur faiblesse physique naturelle. Désormais, avec lui à leurs côtés, elles n'auraient plus à se battre. Il était le libérateur, le super-héros venu défendre les opprimées. Elles semblaient à ses pieds, reconnaissantes et prêtes à le suivre. En plus, il n'y avait aucun ennemi à combattre, à part peut-être la forêt environnante, qui semblait plutôt être une alliée. Elle regorgeait de tout ce dont ils avaient besoin pour satisfaire leurs besoins quotidiens, et en outre, elle constituait une bonne cachette contre d'éventuels envahisseurs.

Il ne commettrait pas la même erreur que ses prédécesseurs. Il ne s'installerait pas dans une sorte de quiétude béate, attendant qu'un ennemi revienne à nouveau pour les anéantir. L'île était calme depuis dix ans, mais on l'avait peut-être repéré lors de son périple en montgolfière. Il devait rester vigilant et prêt à défendre sa vie et celle de ses compagnes. Dès le lendemain, il allait se mettre à l'œuvre. Cela lui permettrait également de mieux les connaître en travaillant avec elles.

S'il avait été polygame, il les aurait épousées toutes les trois, vivant en pacha avec trois femmes à son service. Cependant, ce mode de vie ne l'enchantait pas. Il ne voulait pas créer de rivalités ou de jalousie entre elles. Il recherchait un engagement total, sans partage, avec une seule personne. La fidélité était la qualité qu'il valorisait par-dessus tout. Il ne pouvait se diviser en trois.

Il devait donc faire un choix. Cela s'annonçait difficile, car chacune d'elles avait des traits de personnalité attrayants. Cependant, il se disait que, avec le temps et en les connaissant mieux, il verrait aussi leurs défauts. Ainsi, il pourrait prendre une décision plus éclairée, du moins c'est ce qu'il espérait.

Alors qu'il repassait tout cela dans son esprit, le sommeil le gagna.

C H A P I T R E   8

Lorsqu'il se réveilla, il faisait déjà jour, et il entendit les rires des trois Espagnoles venant de la cuisine. Il se leva, s'habilla rapidement, puis les rejoignit.

- Ah ! Voici l'homme de la maison qui se lève, dit Laura en plaisantant.

- Avez-vous passé une bonne nuit ? demanda Magdala, un sourire doux aux lèvres.

- À vrai dire, j'ai eu du mal à m'endormir. Il y a tellement de choses nouvelles à assimiler, dit John en soupirant.

- Voulez-vous vous joindre à nous pour le petit déjeuner ? proposa Lumi.

- Avec joie ! Mais j'aimerais d'abord faire un brin de toilette. Y a-t-il quelque chose qui ressemble à une salle de bains ici ? demanda-t-il.

- Non, désolée ! répondit Magdala. Nous avons l'habitude de nous laver à la cascade. L'eau est un peu fraîche, mais c'est un bon moyen de se réveiller.

John descendit jusqu'à terre en empruntant l'échelle de corde et se lava rapidement. L'eau était glaciale et il n'avait nulle intention de s'y éterniser. Il songea à mettre au point un système pour chauffer l'eau, une amélioration qu'il jugeait nécessaire.

De retour dans la cuisine, il prit place à la table.

- J'ai oublié de vous poser la question avant, mais avez-vous quelque chose qui ressemble à un rasoir ? demanda-t-il. J'aimerais bien me raser.

- Non, désolée ! répondit Lumi. Au village où nous habitions jadis, personne ne prenait la peine de se raser. C'était une activité jugée inutile et fatigante. Les hommes se laissaient tous pousser la barbe.

- D'ailleurs, ça vous irait très bien, rajouta Magdala. Ne vous inquiétez plus pour cela et mangez un peu de cette bouillie que je vous ai préparée.

John examina avec intérêt le bol que Magdala venait de poser devant lui. Il s'agissait d'une compote très exquise obtenue à partir de mangues, ananas, goyaves et autres fruits exotiques qu'il n'avait pas l'habitude de manger.

Rien que d'un point de vue gastronomique, cet univers lui plaisait beaucoup. Il ne regrettait pas du tout le Madiran et ses cocktails savoureux.

Il entreprit ensuite d'exposer aux filles ses projets en matière d'aménagement. Il leur expliqua qu'il fallait absolument établir des défenses conséquentes autour de la cabane, qu'il fallait s'occuper du problème de l'eau chaude …

Elles l'écoutèrent avec attention.

Il se sentit un véritable Robinson Crusoé et se réjouissait à l'idée d'être le propriétaire d'un aussi grand domaine et de pouvoir l'aménager à sa guise. D'autant plus qu'il n'était pas seul pour le faire.

Alors commença une succession de journées bien remplies consacrées à « la mise en valeur du capital naturel », comme se plaisait à le dire John.

Le programme n'était pas rigide pour autant, loin de là. Il ne voulait pas recréer un monde de fous, un monde de stressés qui marchent au chronomètre. Il avait tout son temps. Il se couchait quand il avait sommeil, se levait quand il n'était plus fatigué.

Il vivait ainsi en accord avec la nature, selon ce que son corps lui dictait de faire. Quand il avait envie de prendre une journée de repos, il ne s'en privait pas. Le travail n'était pas une corvée, mais un plaisir. Les jours où il se consacrait à sa tâche, c'est qu'il en avait ressenti l'envie, et il en retirait une grande joie.

Il traitait de la même manière ses trois compagnes. Elles étaient libres d'agir à leur guise, sans qu'il n'impose quoi que ce soit.

Il avait seulement une exigence : maintenir un garde-manger bien approvisionné. Tout le reste était secondaire. La cueillette des fruits était une activité plaisante et aisée. Avec une île immense à leur disposition, capable de nourrir des milliers d'habitants, ils étaient seulement quatre à partager ces richesses.

John passait de nombreux moments agréables avec Magdala, Lumi et Laura. Tout naturellement, le "vous" avait laissé la place au "tu".

Il leur apprenait divers jeux qu'il connaissait, notamment la belote, qu'ils pratiquaient régulièrement. Ils passaient également beaucoup de temps à s'amuser sur la plage et à nager.

Ainsi, le temps s'écoulait paisiblement dans cet univers paradisiaque, et John n'était pas pressé de le quitter. Il se demandait combien de temps il resterait ici avant d'être rappelé dans son monde, celui qu'on appelait le réel.

Ne pouvait-il pas prolonger son séjour ici indéfiniment ? Pourquoi retourner dans un monde cruel où il ne connaissait que déceptions, alors qu'ici il avait tout ce dont il avait toujours rêvé.

Un soir, après une journée de travail bien remplie, John se laissa aller à flâner près de la cascade. Il appréciait la fraîcheur de cet endroit, qui l'immergeait dans un état de calme et de sérénité, une sorte de somnolence réparatrice. Il ferma les yeux pour se laisser bercer par cette ambiance apaisante, et il se sentit instantanément détendu.

Quand il rouvrit les yeux, il aperçut Lumi. Elle était assise contre un rocher, l'observant. Elle lui lança un sourire des plus charmants et l'invita à la rejoindre.

Il s'assit à ses côtés, plongeant son regard dans le sien. Son sourire illuminait son visage, et ses yeux étaient comme un puits d'une pureté inégalée dans lequel John s'abreuvait. Elle dégageait une vitalité et une vivacité d'esprit rayonnantes.

- C'est un cadre magnifique, dit John, émerveillé par la beauté de la nature environnante.

- Oui, répondit Lumi, c'est un lieu spécial pour moi.

- Tu viens souvent par ici ? interrogea-t-il, curieux.

- À chaque fois que je me sens un peu nerveuse ou préoccupée, confia Lumi. La nature semble avoir un langage particulier en cet endroit. Écoute le chant des rossignols, ils t'invitent à danser, à retrouver ta joie de vivre, ta gaieté ! C'est comme s'ils voulaient t'aider à oublier tes soucis.

- Je les entends, dit John, c'est comme une mélodie qui touche directement le cœur.

- Les éléments inanimés ont aussi leur voix, ajouta Lumi. Écoute le murmure de la cascade. Toute cette puissance, cette énergie liquide, elle tombe du haut des chutes puis s'écoule avec fluidité, régularité et aisance. Elle semble transmettre un message.

- Lequel ? demanda John, intrigué.

- Qu'il ne faut pas gaspiller son énergie, expliqua Lumi. Il faut la canaliser, la diriger vers un but précis. C'est ainsi que l'on peut surmonter les obstacles, comme les arbres qui se dressent sur le chemin, et atteindre la mer de la liberté, où tous nos projets peuvent prendre forme, où les horizons s'ouvrent à l'infini. N'es-tu pas d'accord avec moi ?

- Quelle belle métaphore ! s'exclama John. Bien sûr que je suis d'accord avec toi ! La nature a beaucoup à nous enseigner si nous savons l'écouter et la comprendre. Je crois que trop souvent, l'homme manque de sagesse. Dans le monde d'où je viens, les choses sont différentes. L'homme n'a pas su respecter son environnement. Il a remplacé la verdure par du béton, édifié des usines polluantes qui répandent des vapeurs mortelles. Les subtiles senteurs des fleurs tropicales ont cédé la place au parfum nauséabond des émanations chimiques. Il devient même dangereux de s'exposer au soleil, car la couche d'ozone protectrice est attaquée.

- Rien qu'à la description que tu en fais, je n'ai pas envie d'aller là-bas, dit Lumi.

- Tu as tout à fait raison ! Moi aussi, j'ai envie de rester ici, dit John.

- Comme tu dois être différent des gens de ton monde ! Depuis que tu es arrivé, tu as fait énormément de choses pour rendre la vie plus agréable, et tout cela dans le respect de l'environnement. Je te trouve travailleur et intelligent. Tu es bien différent des gens de mon peuple, qui passaient leur temps à somnoler. Tu as vraiment une personnalité très riche et attrayante.

John buvait ces compliments avec satisfaction. Il appréciait également beaucoup Lumi, la trouvant intelligente et cultivée. Ils passaient souvent de longs moments à discuter de sujets profonds. Il était heureux de disposer d'un point de vue féminin sur ces questions, bien que son cœur restât partagé entre elle, Laura et Magdala.

Un matin, John se leva tard après avoir passé la nuit à réfléchir à tout ce qui se passait. Magdala et Lumi étaient parties à la pêche, leur principale source de protéines. En regardant par l'une des fenêtres de la cabane, il aperçut Laura en train de faire ses exercices matinaux. Elle était très sportive et passait beaucoup de temps à entretenir son corps. De plus, elle débordait d'énergie, toujours en mouvement. Elle le remarqua soudain et lui fit signe de la rejoindre.

- Alors, on fait la grasse matinée ?

- J'ai décidé de me reposer aujourd'hui, répondit John.

- Pourquoi ne ferais-tu pas un peu d'exercice avec moi ? Tu verras, ça remet en forme.

Elle lui apprit alors différents mouvements qui assouplissaient le corps, et John, en les exécutant, sentit la fatigue et les courbatures le quitter. Il se sentait à nouveau bien dans son corps.

- Les autres sont parties pour la journée, dit Laura. On pourrait en profiter pour passer une bonne journée ensemble. J'aimerais bien faire un truc hors du commun.

- Dans quel genre ?

- Du genre sportif, bien sûr, mais un peu délirant. Il y a certainement des jeux intéressants que tu avais pratiqués dans le monde d'où tu viens, non ?

- Je jouais au tennis, mais il n'y a pas de court ici, ni de raquettes. On jouait aussi au golf, mais ça serait difficile en pleine forêt !

Soudain, en regardant la forêt environnante, une idée lui vint.

- Y-a-t-il des lianes ici ? demanda-t-il.

- Oui, un peu plus loin. Je peux t'y conduire. Qu'est-ce que tu veux faire ?

- Suis-moi ! Tu verras !

Ils marchèrent dans la forêt et arrivèrent bientôt à l'endroit dont elle avait parlé. Plusieurs lianes pendaient des arbres.

- Regarde-moi faire ! dit John.

Il prit une liane et grimpa à un arbre facile d'accès.

- Oyoyoyooooooooooo… ! lança-t-il en s'élançant dans les airs.

Atterrissant à côté de Laura, il poursuivit :

- Moi, Tarzan ! Toi, Jane ! Où est Chita ?

John dut lui expliquer l'origine de la scène, mais Laura rit aux éclats. Elle entreprit de ce pas d'imiter son compagnon dans sa course à travers les airs. Ils s'amusèrent ainsi une bonne partie de la journée.

Lorsqu'enfin ils s'assirent au pied d'un arbre pour prendre un peu de repos, elle lui dit :

- Tu sais, John, je n'ai jamais passé une journée aussi formidable que celle-ci !

- Moi non plus.

- Magdala et Lumi sont de très bonnes amies, mais je trouve qu'elles manquent de fantaisie. Magdala est trop calme à mon goût et Lumi est toujours si sérieuse. J'aime bien un peu délirer de temps en temps, comme avec toi cet après-midi.

Ils bavardèrent encore un bon moment, puis rejoignirent leur cabane pour préparer l'arrivée des autres.

Un autre jour, John se retrouva seul avec Magdala. Lumi et Laura étaient parties cueillir des fruits. Magdala avait préféré rester à la cabane pour s'occuper de tâches moins physiques, et

John, qui était un peu fatigué, avait décidé de rester avec elle pour se reposer un peu.

Magdala était en train de faire des travaux de couture, et John l'observait.

- J'aime bien rester un peu ici, dit-elle, pour savourer le calme de cet endroit.

- J'ai remarqué que tu préfères les travaux d'intérieur, répondit John.

- Oui, c'est vrai. J'aime bien m'occuper du ménage, de la cuisine, et surtout de la couture. Et puis, en même temps, je rends service aux autres. Elles n'aiment pas trop ce genre de travaux. Elles préfèrent aller dehors, au grand air, pour effectuer des activités plus physiques.

- Ça fait maintenant un certain temps qu'on se connaît, tous les quatre, poursuivit John. J'ai remarqué que tu étais la plus douce d'entre nous. J'apprécie beaucoup cette qualité.

- C'est une leçon que j'ai apprise avec tout ce que j'ai enduré. J'ai beaucoup souffert du massacre de mon peuple. Mais, au lieu de cultiver la haine, le désir de vengeance, j'ai pris la ferme décision d'aider les autres, de ne jamais faire de mal à qui que ce soit.

- C'est une très belle réaction ! la complimenta John. Mais, j'ai l'impression que parfois tu es triste, mélancolique.

- C'est vrai et je te remercie de l'avoir remarqué. Ça provient de ma nature affective. Je prends tout du côté des sentiments. Je ressens un manque affectif. C'est vrai que je ne suis pas seule. J'ai Lumi et Laura, qui sont deux très bonnes amies, mais elles sont incapables de me comprendre totalement. Laura est trop impulsive ! Elle est toujours riante, optimiste. Elle n'arrive pas à comprendre que parfois je me sente mal dans ma peau, que j'ai des crises de cafard. Lumi, quant à elle, est trop logique. Elle me donne toujours des conseils, me dit ce que je devrais faire pour que ça aille mieux. Ce n'est pas de ça dont j'ai besoin ! J'ai besoin de quelqu'un qui m'écoute, sans même dire un seul mot, et me comprenne.

- Tu as besoin d'un confident, résuma John.

- Tout à fait ! C'est pour ça que je suis content que tu aies débarqué dans notre monde. Tu es le premier avec qui je peux parler librement et qui me donne vraiment l'impression de me comprendre.

Elle lui lança un regard chargé de sentiments, soutenu par un sourire radieux. John était troublé. Il sentit que son esprit s'embrumait. Il n'arrivait plus à raisonner clairement. Il prétexta un quelconque malaise et sortit prendre l'air. Il s'arrêta au bord de la cascade, où il avait l'habitude de converser avec Lumi et se mit à réfléchir.

Cela faisait un certain temps maintenant qu'il connaissait Magdala, Lumi et Laura. Lorsqu'il les avait vues pour la première fois, il avait ressenti une attraction égale pour les trois. Il pensait qu'avec le temps, en les connaissant mieux, il arriverait à faire un choix, mais il se rendait compte à présent que la situation avait plutôt empiré. Il était de plus en plus indécis.

Toutes les trois étaient charmantes et bien faites. John était attiré par la douceur et la chaleur humaine de Magdala, mais Laura l'attirait également par sa fraîcheur, sa joie de vivre, son enthousiasme communicatif. Quant à Lumi, elle le fascinait par sa vivacité d'esprit, ses conversations profondes et intéressantes.

Il savait que cette situation ne pouvait pas durer indéfiniment. Il fallait qu'il fasse un choix. Mais, il ne trouvait pas la force d'agir. Il attendait qu'un événement l'en contraigne. Il espérait atteindre l'extrême limite, où il serait obligé de faire un choix.

Cet événement arriva une semaine plus tard. Il avait passé la journée seul, à explorer une partie de forêt située en amont de la cascade. En revenant le soir, il s'installa à sa place habituelle autour de la table commune et commença à manger ce que Magdala avait préparé.

Il sentit que quelque chose n'allait pas. L'ambiance était morose. Laura, d'habitude si gaie, était silencieuse. Elle semblait nerveuse. Magdala avait les yeux mouillés de larmes. Tout sourire avait quitté son visage. Quant à Lumi, elle semblait perdue dans de profondes pensées.

- Qu'est-ce qui ne va pas ? risqua John.

Il n'obtint aucune réponse.

- Est-ce que quelque chose de grave est arrivé aujourd'hui ? Qu'est-ce qui vous tracasse ?

Laura, la plus impulsive des trois, éclata :

- Le problème, c'est toi !

- Qu'est-ce que j'ai bien pu faire qui vous mette dans cet état ? s'étonna John.

- Tu joues avec nos sentiments ! précisa Laura.

Laura était au bord de la crise de nerfs. Magdala fondait en larmes. Lumi tenta de calmer un peu la situation.

- Ce qu'il y a, en fait, expliqua Lumi, c'est que nous venons de nous disputer à ton sujet. Nous nous sommes rendu compte que nous étions toutes les trois tombées amoureuses de toi.

- Et vous avez fait une crise de jalousie ? dit John maladroitement.

- Ce qu'on voudrait, poursuivit Lumi, c'est que tu fasses un choix, que tu prennes une décision. Nous ne pouvons plus continuer à vivre ainsi, comme si de rien n'était.

John, en voyant Magdala pleurer, se rendit alors compte de tout le mal qu'il avait fait. Il ne l'avait pas fait volontairement, bien sûr, mais en retardant trop longtemps sa prise de responsabilités, il avait fait plus de tort que de bien.

- Je voudrais m'excuser sincèrement, dit-il. Je ne voulais pas vous faire de mal, mais c'est pourtant ce que j'ai fait. Ce qu'il y a, en fait, c'est que je ne sais pas laquelle d'entre vous choisir. Vous êtes toutes trois des femmes charmantes, chacune à sa manière. Vous avez toutes quelque chose qui m'attire et je n'arrive pas à me décider.

- Il le faut pourtant, à présent, répondit Lumi. Nous avons pris une décision importante pour te pousser à réagir. Nous te laissons trois jours. Passé ce délai, si tu n'as pas réussi à te décider, tu ne seras plus le bienvenu chez nous. Cette mesure te semble peut-être dure, mais nous ne pouvons plus tolérer cette situation.

- Je comprends dit John. Je vais partir d'ici pendant trois jours, comme ça je pourrai réfléchir tranquillement, sans être influencé. Quand je reviendrai, les choses seront plus claires.

CHAPITRE 9

Il quitta alors la cabane et se dirigea vers les hauteurs de l'île, en quête d'une sagesse supérieure à celle de l'homme.

Tout en marchant, il se demandait quels critères il allait adopter pour faire son choix. Sa situation était particulièrement difficile. En en choisissant une, il rendrait les deux autres malheureuses. Cependant, en se refusant à faire un choix, il ferait trois malheureuses. Autant donc en rendre au moins une heureuse. Mais laquelle ?

Il se dit que la plus sensible des trois était Magdala. Ce serait donc son choix ! Les autres s'en remettraient plus facilement. De toute façon, il faudrait qu'elles comprennent qu'il ne pouvait en choisir qu'une. De plus, c'est Lumi et Laura qui avaient insisté pour qu'il se décide. Magdala, quant à elle, s'était contenté de pleurer. Justement, était-ce donc le bon choix ?

Ne devrait-il pas plutôt s'engager envers Lumi. Elle, au moins, savait garder son calme face aux difficultés. Elle n'était pas du genre à s'effondrer devant les problèmes. Elle gardait toujours les idées claires et savait trouver des solutions. De plus, elle était intelligente et comprenait beaucoup de choses. C'est elle, d'ailleurs, qui avait compris qu'il fallait lui poser un ultimatum pour qu'il se décide. Même si cela le brusquait un peu, il était content qu'elle le mette au pied du mur. Il avait ainsi eu le déclic nécessaire pour sortir de sa léthargie. C'est donc elle qu'il choisirait. Elle le méritait. Oui, mais n'était-elle pas trop logique, trop peu féminine par moments ? Ne risquait-il pas de se retrouver avec une femme qui le dirigerait, le supplanterait dans son rôle de chef de famille ? Il ne pouvait tolérer une telle atteinte à sa virilité.

Non, il choisirait Laura. Elle, au moins avait un peu de fantaisie. On ne s'ennuyait jamais en sa compagnie. Elle était enthousiaste, gaie, toujours prête à s'amuser. Oui, mais comment pourrait-il rester gai lui aussi en voyant constamment le regard triste de Magdala, qui porterait sa peine jusqu'à sa mort ? N'avait-elle pas déjà assez enduré de frustrations affectives ? Ne méritait-elle pas plus que les autres de connaître l'amour en raison de sa grande douceur ?

John continua longtemps à raisonner ainsi, oscillant entre ces trois options, incapable de faire un choix définitif.

Tout en réfléchissant, il continua son ascension, approchant de la rencontre finale avec le sommet dégagé de tout obstacle. Là-haut, il aurait une vue étendue. La sagesse n'est-elle pas symbolisée par l'aigle, qui voit les choses de haut et de loin ?

Il se rapprochait également des cieux, le lieu de résidence de son Créateur, le plus grand artiste et inspirateur de l'univers. Il se laisserait alors imprégner par toute cette sagesse et parviendrait certainement à clarifier ses idées au fur et à mesure que les molécules d'air pur pénétreraient dans ses poumons.

Ses pensées lui permettaient également d'oublier la douleur dans ses jambes, endolories par l'ascension difficile qu'il effectuait. Le chemin avait cessé de progresser pour céder la place à une succession de rocailles, de plus en plus abruptes, mais il se concentrait uniquement sur la difficulté présente, surmontant un obstacle après l'autre, approchant inexorablement de son but.

Il arriva face à la dernière formation rocheuse qui se dressait, imposante et fière, semblant lui barrer le passage vers le sommet, le but de sa quête. Elle semblait lui transmettre l'ordre de faire demi-tour, de retourner à sa condition humble de terrien et de laisser les rêves de grandeur spirituelle aux êtres supérieurs, à ceux qui avaient réussi à faire abstraction de leurs désirs matériels et avaient atteint un état proche du Nirvana. Eux ne se préoccupaient pas de conquérir le cœur d'une femme.

Cependant, il n'allait pas abandonner si près du but. Il n'avait pas surmonté tous ces obstacles pour rien. Il examina la surface de granite, répertoria ses aspérités et réfléchit à la manière de la gravir. Il se hissa à la force des poignets et parvint au sommet.

Prenant pied sur cette sorte de plate-forme de dimensions réduites, il leva les yeux et eut la surprise de constater que quelqu'un l'avait précédé.

Il s'agissait d'un homme, d'environ quarante ans, assis en tailleur, semblant flotter dans un état de méditation profonde. Sa silhouette décharnée évoquait un ascète qui avait renoncé aux plaisirs terrestres au profit de sa quête spirituelle. Une barbe en désordre encadrait son visage, témoignant de son indifférence pour les conventions sociales, tandis que son regard semblait percer les voiles de la réalité pour plonger dans les profondeurs de l'univers intérieur.

À première vue, il pouvait paraître négligé, mais en réalité, chaque détail de son être semblait délibérément choisi pour servir sa recherche spirituelle. Ses vêtements simples étaient un choix conscient de simplicité et de détachement des biens matériels. Son visage, baigné par une lumière intérieure, exprimait la quiétude et la sérénité d'un homme profondément ancré dans sa quête de vérité.

Autour de lui, l'atmosphère semblait chargée d'une énergie paisible, comme si sa présence rayonnait une aura de tranquillité. Les bruits du monde extérieur semblaient s'estomper, remplacés par le doux murmure d'une méditation profonde. Chaque inspiration et expiration semblaient en harmonie avec l'univers, comme s'il fusionnait avec la nature elle-même.

Devant l'expression de stupéfaction de John et son mutisme, l'homme rompit le silence environnant :

- Je suis heureux de te revoir !

John fut surpris. Il fouillait vainement dans sa mémoire, à la recherche d'un souvenir enfoui qui refusait de remonter à la conscience. Non, il n'avait vraiment jamais vu cet homme. Pourtant, il avait cette impression étrange de déjà-vu.

- Où nous sommes-nous déjà rencontrés ? demanda John, l'air étonné.

- As-tu oublié ton précédent voyage ?

- Non, pas du tout ! Je m'en souviens très bien. Mais, je n'ai rencontré qu'un vieil homme assis sur un trône. Je n'y ai vu personne d'autre.

- Ce vieil homme, c'était moi !

John n'arrivait plus à intégrer les éléments dans une quelconque logique. Comment un homme âgé, aux traits ridés et aux cheveux blanchis par les années, aurait-il pu se métamorphoser au point de revêtir le physique d'un homme paraissant avoir tout au plus une quarantaine d'années ?

- Ne te laisse pas tromper par les apparences physiques ! dit l'homme. Le corps physique n'est qu'une enveloppe. L'immuable, le permanent, est à l'intérieur. Si tu m'aperçois avec cette apparence, c'est parce que tu l'as décidé ainsi. C'est toi qui es le créateur de ce monde, ne l'oublie pas !

- Tu prétends que c'est moi qui ai conçu cet univers de toutes pièces ?! s'exclama John, stupéfait.

- Ne sous-estime pas tes capacités créatrices ! Chaque être humain est un créateur en puissance. Chacun possède en lui des dons particuliers, qui ne demandent qu'à être exploités, affirma l'homme.

- Tu veux dire que j'ai même conçu cette histoire de massacre horrible ? Suis-je si corrompu que cela ? demanda John, très surpris des affirmations du « sage ».

- La création des univers est soumise à deux lois. D'une part, elle repose sur les matériaux de base utilisés. D'autre part, elle s'opère selon les sentiments que tu manifestes pendant cette opération de conception. L'album que tu as utilisé racontait une histoire de catastrophe ayant décimé la majeure partie de la population de l'île. Tu n'as fait qu'adapter ce scénario à tes besoins personnels. C'était en accord avec ton désir le plus profond. Tu voulais te retrouver seul avec ces trois créatures de rêve, sans aucune autre forme de concurrence. Tes souhaits ont été exaucés !

- Oui, mais c'est pourtant toi qui m'as dirigé vers cette cabane, par le moyen du rêve que j'ai fait dans la clairière. Et, tu as également agi de la même manière envers les trois femmes, qui ont fait exactement le même rêve que moi.

- Je ne suis que ton serviteur. Je connais tes désirs et j'agis conformément à ces derniers pour les faire se réaliser, de la meilleure façon possible.

- Mais, qui es-tu donc ? demanda John.

- Tu le découvriras en temps utile. Mais, sache que je suis plus que ton serviteur. Je suis également ton guide. Chaque univers que tu crées et explores a un but. Il te donne une leçon et te permet de t'améliorer.

- Quel est le but de cet univers-ci ? Je n'ai pas l'impression d'y avoir progressé ! J'ai plutôt le sentiment de me retrouver actuellement dans un état de brouillard mental sans précédent !

- Cet univers est le reflet de ton instabilité émotionnelle. Cette production de l'esprit provient de ta déception amoureuse et de ton désir de retrouver à tout prix une compagnie féminine. Ces trois femmes correspondent chacune à un aspect de ton idéal féminin ? Tu recherches à la fois une femme intelligente, enthousiaste et douce. Cependant, ta conception de l'idéal féminin n'est pas unifiée. Tu as une vision disparate, que tu n'arrives pas à rassembler en un tout cohérent. Cela explique ton indécision. Rends-toi à l'évidence que ce monde n'est pas viable ! Il est destructeur ! Il ne t'apporte pas le contentement ! Je vais t'en libérer !

- Laisse-moi d'abord te poser une dernière question, dit John. Pourquoi m'as-tu observé pendant que je dormais dans la clairière ?

- Ce n'est pas moi qui t'ai observé !

Frappé par cette révélation, John se sentit soudainement projeté à travers les espaces infinis. Les visions disparates se succédaient dans un tourbillon hypnotique. Le défilement d'images finit par se stabiliser, et les éléments de la mosaïque se fondirent en une vision unique.

John était de retour dans sa chambre.

CHAPITRE 10

Vince était inquiet. Il repassait dans son esprit les dernières paroles de John, les ruminations mentales le plongeant dans un état dépressif.

Comment quelqu'un d'autre que lui aurait-il pu pénétrer dans cet univers musical-mental ? Était-ce même possible ?

Personne, à part lui, ne s'intéressait ouvertement à ces productions mentales. Elles étaient considérées comme trop déviantes pour permettre une exploitation en toute sécurité.

De plus, il avait dû mettre lui-même au point sa PSYMUS 3 pour être capable d'intervenir dans ces univers. Aucune autre machine n'avait été réglée pour cela.

Quelqu'un aurait-il profité d'une de ses absences pour utiliser son appareil ?

Il avait commencé sa thérapie à 17 h 00 précises et il était actuellement 18 h 30. Pendant tout ce temps, il n'avait pas quitté son poste de travail.

Peut-être qu'il donnait une ampleur exagérée à cet incident. La vision parasite provenait peut-être tout simplement de l'esprit de John. Les études réalisées sur les univers musico-mentaux avaient, en effet, montré que des idées provenant de l'inconscient pouvaient interférer dans la création des univers.

Cela pouvait peut-être aussi provenir de son propre esprit. Depuis quelque temps, l'excès de travail et le manque de sommeil l'avaient rendu quelque peu irritable. Il se découvrait des accès paranoïaques. Il avait l'impression d'être espionné. Il soupçonnait tout le monde de vouloir saboter le travail important qu'il était en train d'effectuer.

Il avait besoin de prendre un peu de repos, de se changer les idées. Son regard s'arrêta sur le vidphone posé sur son bureau. Il le contempla longuement, semblant hésiter sur la marche à suivre. Soudain, d'un geste vif, il décrocha le combiné et composa un numéro. L'image de l'archiviste apparut rapidement à l'écran. Il se contrôla pour ne pas paraître nerveux.

- Vous avez des projets pour ce soir ? demanda Vince.

L'archiviste afficha un air de surprise et un sourire laissant transparaître sa joie, et elle répondit :

- Non, je n'ai rien de prévu pour l'instant.

- J'aimerais vous inviter à prendre un verre, histoire de mieux vous connaître.

- D'accord. Vous avez un endroit en tête ?

- Vous connaissez le « Ramsès » ?

- Oui.

- Alors, à 21 h 00, au bar ?

- D'accord, j'y serai.

Vince se surprenait lui-même du courage qu'il avait eu en passant cet appel. Enfin, il avait un rendez-vous avec elle !

CHAPITRE 11

John, de retour dans sa chambre, aperçut son ami, Alex, qui l'observait avec inquiétude.

- Ça va ? lui demanda son ami.

- Oui, je crois, répondit John. Tu es resté à mes côtés pendant combien de temps ?

- Depuis que tu as débuté ton voyage. Cela fait maintenant une heure et demie.

- Seulement ! J'ai vécu en rêve au moins trois semaines ! dit John.

- N'oublie pas que les temps objectif et subjectif ne s'écoulent pas dans le même continuum.

- As-tu remarqué quelque chose de particulier ? De quoi avais-je l'air ? Je veux dire … sur le plan physique.

- C'est un peu comme si tu étais dans le coma. Tu étais là, inerte, insensible à tout. Cependant, je voyais tes yeux s'agiter, comme on le fait quand on rêve. De temps en temps, tu émettais des bruits avec ta gorge, comme si tu essayais de parler.

- Tu avais donc raison, dit John. Le voyage est uniquement mental. Pourtant, l'impression de réalité est prenante. Quand on a rêvé, on sait ensuite que ce n'était qu'un rêve. Là, c'est autre chose. Je sais que tout cela n'était qu'illusion, parce que tu me l'as dit, mais j'ai l'impression nette d'y avoir été réellement.

- L'imagination est puissante, dit Alex. Les fous vivent dans un monde irréel, pourtant ils sont persuadés du contraire. Je te renouvelle donc mes incitations à la prudence. Tu es en train de flirter avec les limites de la folie. Méfie-toi ! Tu risques de partir un jour pour un ces voyages mentaux et ne plus pouvoir reprendre pied dans la réalité.

Quel rabat-joie, se dit John. S'il avait lui aussi participé à ce dernier voyage, il ne parlerait pas ainsi. S'il avait connu Magdala, Lumi et Laura, il aurait été impatient de repartir vers cet univers.

Mais, c'était trop tard ! L'homme sage énigmatique lui avait bien affirmé que cet univers n'était pas viable. Il avait été anéanti à jamais.

John mourait d'impatience de recommencer un voyage similaire, mais il devait auparavant se recréer un nouvel univers, plus stable, plus durable.

Les univers étaient-ils également soumis aux lois régissant les naissances et les morts ? Il semblait que c'était le cas. Il devait y avoir une sorte de sélection naturelle des produits de l'imagination. Toute création non viable, non cohérente, se dissolvait. Elle constituait un affront à la logique et se mettait au ban du club fermé des univers mathématiques.

Son précédent voyage lui avait cependant inculqué une leçon précieuse : toute création est empreinte de la personnalité de son concepteur. Pour éviter de reproduire les mêmes erreurs, il devait en premier lieu travailler sa personnalité. Il devait avant tout faire de l'ordre dans son esprit. Il devait réussir à se créer une image claire de ce qu'il désirait produire et se concentrer sur elle jusqu'à la réalisation complète.

Il avait besoin d'aide, de direction. Alex n'était plus dans la course pour cela. Il était trop réfractaire à ces errances musicales pour le comprendre. Il était également encore un peu trop jeune pour lui fournir la sagesse nécessaire à l'accomplissement de sa lourde tâche de purification psychologique.

Il devait trouver quelqu'un avec la même sensibilité que lui. Il pensa tout de suite à Guillaume.

Guillaume était un homme de trente-cinq ans, au visage marqué par les épreuves de la vie. Il avait connu le bonheur conjugal à vingt-huit ans, lorsqu'il avait épousé la femme qu'il croyait être l'amour de sa vie. Cependant, trois ans plus tard, leur mariage avait pris fin dans un douloureux divorce, sa femme l'ayant trompé. Ces déceptions sentimentales avaient laissé des cicatrices profondes dans le cœur de Guillaume. John ressentait la même chose.

Le destin les avait réunis, lors d'une soirée avec des amis communs, deux hommes meurtris par les aléas de l'amour. Ils avaient rapidement sympathisé. Ils partageaient un fardeau commun : la quête d'un amour authentique et durable.

Guillaume, avec sa sagesse acquise à travers les épreuves, serait un allié précieux pour John. Leurs conversations deviendraient des moments de réflexion profonde, où ils exploreraient les méandres de l'âme humaine et les subtilités de la recherche de l'idéal féminin.

Ensemble, ils pourraient décortiquer les qualités à rechercher chez une femme, débattre des pièges à éviter, et se forger une image claire et nette de l'idéal à poursuivre. Ces échanges enrichissants seraient le premier pas vers la reconstruction de leur confiance en l'amour et la création d'un univers mental plus stable et épanouissant. John était déterminé à tirer profit de l'expérience et de la compréhension de Guillaume pour créer un nouvel univers où l'amour serait la mélodie principale, débarrassée des discordances du passé.

John s'empressa d'appeler son ami.

- Allo, Guillaume ?

- Oui, salut John, dit-il en reconnaissant sa voix.

- Je t'appelais pour voir comment tu allais.

- Bof ! Toujours pareil.

- Est-ce qu'on pourrait se voir ? demanda John. J'ai besoin de te parler.

- Oui, pas de problème. Le sujet classique ?

- Oui, toujours le même. On peut se retrouver au Madiran ? Disons, à 19 h 00 ?

- OK, ça me va !

CHAPITRE 12

Vince était affairé dans sa salle de bains. Il venait de terminer de se raser de près pour donner à sa peau un aspect plus doux, invitant ainsi au toucher. Il s'aspergeait maintenant de parfum, un message olfactif direct destiné à séduire les sens et à éveiller le désir chez sa partenaire, comme un appel à l'amour.

Vince se regarda une dernière fois dans le miroir, ajustant soigneusement ses cheveux pour peaufiner la sculpture vivante qu'il composait. Il était prêt à se lancer sur les sentiers de l'amour qui le conduiraient à sa belle archiviste, qui l'avait invité à une soirée qu'il espérait inoubliable.

Il vérifia que les clés de son spationef étaient bien à leur place, dans la poche droite de son pantalon, puis il franchit le seuil de la porte de son appartement. Il marchait d'un pas décidé, affichant l'allure fière du mâle sûr de lui, convaincu de son charme pénétrant et irrésistible.

En passant devant l'employée chargée de l'entretien des locaux, il testa son sourire et ressentit une grande fierté intérieure en voyant le petit rougissement qui teintait son visage. Madeliene, c'était le nom de l'archiviste, ne saurait lui résister.

Il gara son spationef devant le Ramsès, une boîte branchée s'inspirant de l'architecture égyptienne. En franchissant les colonnes gigantesques, gardées par des répliques du sphinx, il atteignit la porte imposante.

Une employée, vêtue à l'égyptienne, lui barra le passage. Vince lui présenta sa carte de crédit, et la porte s'ouvrit pour quelques heures de bonheur, plongé dans ce monde antique dont les dieux n'avaient pas réussi à empêcher l'anéantissement.

Il se dirigea vers le bar et commanda un "tequila sunrise".

Son verre à la main, il scruta la salle baignée dans une douce pénombre. Ses yeux, rapidement, s'arrêtèrent sur une femme solitaire à une table, qui le fixait intensément. Un verre était posé devant elle, mais elle n'y avait pas encore touché, comme si elle attendait quelqu'un pour entamer sa boisson.

Vince la reconnut immédiatement. C'était Madeliene. Il s'approcha de la table et prit place.

- Ça fait longtemps que vous m'attendez ? demanda Vince.

- Non. Je suis arrivée il y a cinq minutes à peine, répondit Madeliene.

- Pourquoi ne m'avez-vous pas fait signe quand vous m'avez vu entrer ? insista Vince.

Madeliene fit une pause, comme si elle s'apprêtait à faire une déclaration importante. Elle plongea son regard dans celui de Vince et commença :

- Quand on sait qu'on est observé, on se fabrique un masque, une image de soi différente de notre vrai moi. C'est comme jouer un rôle sur une scène. Je préfère observer les acteurs en coulisses, quand ils sont plus authentiques.

Elle s'arrêta là. Vince attendit quelques instants, puis, impatient, demanda :

- Et alors ? Qu'en avez-vous conclu ?

- Que sous votre apparence de mâle sûr de lui se cache une anxiété propre aux timides, révéla-t-elle.

- C'est normal, rétorqua Vince.

- Vous n'avez pas besoin de vous défendre. C'est ce qui fait le charme des humains, cette faiblesse qui les rend sympathiques. Les individus parfaits, pour qui tout réussit, nous font peur ou alors suscitent en nous d'autres sentiments peu nobles comme la jalousie.

Vince n'avait rien à ajouter à ce commentaire. Il était entièrement d'accord avec Madeliene et savourait avec joie le fait qu'elle appréciait ses qualités humaines.

- C'est bizarre, poursuivit Vince, comment les événements peuvent s'enchaîner pour créer des retournements de situation inattendus.

- Pensez-vous à quelque chose en particulier ?

- Oui. Je me disais que ça fait maintenant plusieurs mois que je vous observe dans votre bureau aux archives, sans avoir le courage de vous approcher, et puis maintenant, nous nous retrouvons ensemble à boire un verre.

- Cela confirme mon analyse, dit Madeliene. Vous avez dû surmonter votre timidité pour réussir à m'inviter. Peut-être qu'un événement particulier vous y a aidé.

- Je travaille énormément en ce moment. La cocotte-minute commence à être sous pression. J'avais besoin de changer un peu d'air.

- Et vous avez pensé à moi ?

- Oui, répondit Vince d'un ton laconique.

Vince était agréablement surpris de sa conversation avec Madeliene. Il avait rarement été aussi ouvert avec quelqu'un, et il se sentait à l'aise pour exprimer ses pensées et ses émotions. Il était naturellement réservé et discret, mais en présence de Madeliene, il se sentait compris et en confiance.

Elle brisa le silence :

- J'ai été vraiment contente quand vous m'avez appelée. Le travail aux archives n'est pas vraiment passionnant, vous savez ! C'est plutôt routinier. J'avais besoin de rajouter une petite touche de romantisme dans ma vie si fade. J'ai toujours été fasciné par les Concepteurs. Ça doit être passionnant votre métier, non ?!

- Passionnant, oui, mais aussi difficile et délicat. Quand on touche à la conception des univers, on endosse des responsabilités élevées. La moindre erreur peut avoir des conséquences désastreuses sur les univers déjà existants.

- Vous travaillez sur quelque chose de particulier en ce moment ? demanda Madeliene. Vous m'avez dit que vous étiez un peu débordé.

Vince ressentit un élan soudain pour partager son projet de musicothérapie avec Madeliene, mais il se retint, sachant qu'il devait rester prudent et ne pas dévoiler trop d'informations confidentielles. Il préféra alors rester évasif.

- Je me suis lancé dans une tâche difficile : prouver que la musicothérapie est fondée. Je travaille sur les patients d'une planète qui s'appelle « Terre ». Ils sont assez imprévisibles, donc je ne peux pas encore tirer de conclusions définitives. Je garde espoir et je persévère.

Madeliene, curieuse, creusa davantage.

- Et pensez-vous avoir trouvé des preuves convaincantes jusqu'à présent ?

Les questions de Madeliene commençaient à devenir de plus en plus ciblées, et Vince sentait la nécessité de conclure cette soirée rapidement. Il craignait que Madeliene ne le pousse dans des situations embarrassantes qui pourraient trahir ses véritables intentions.

- Pas pour l'instant ! » mentit-il, cherchant à mettre fin à la conversation. Cette soirée était vraiment agréable ! Il est déjà tard maintenant, et je dois être en forme pour demain. J'ai un rapport important à rédiger. Nous pourrons remettre ça à une autre fois.

Vince prit congé, soulagé d'avoir évité de justesse une situation délicate.

CHAPITRE 13

John et Guillaume se retrouvèrent au Madiran, un refuge pour les âmes en peine comme les leurs. C'était l'endroit où ils pouvaient dévoiler leurs pensées douloureuses et recharger leurs batteries émotionnelles. Une fois ravivées, ils retrouvaient la force nécessaire pour faire face aux revers de la vie.

John amorça la conversation, mais il évita soigneusement de mentionner ses voyages musicaux pour l'instant, craignant que l'information ne se répande trop rapidement. Il fit simplement allusion au problème qui le préoccupait.

- Guillaume, si j'ai souhaité te parler, c'est parce que je me sens un peu perdu en ce qui concerne mes relations sentimentales. Je ne suis plus sûr de ma compréhension des femmes, tu vois ?

- Tu as du mal à saisir ce qui se passe dans leurs têtes ? demanda Guillaume.

- Exactement, répondit John. Elles me semblent si imprévisibles, si déconcertantes.

- Je pourrais t'écrire des livres entiers là-dessus. Prends par exemple mon ex-femme. Il y a des jours où elle était géniale, d'autres où elle te faisait la tête sans raison apparente. À un moment donné elle avait envie de faire quelque chose, puis cinq minutes plus tard elle voulait faire le contraire.

- Est-ce qu'elles sont toutes comme ça ? demanda John.

- Toutes, peut-être pas, mais beaucoup, dit Guillaume.

- Il faut donc trouver la bonne parmi celles qui restent, conclut John.

- Il faudrait un détecteur pour ça !

- Malheureusement, ça n'existe pas, dit John. Mais, je crois que toutes ces expériences, même si elles ont été difficiles à vivre, m'ont appris quelque chose. Jusqu'à présent, j'ai toujours commis la même erreur : je me suis trop fié aux apparences.

- Tu veux dire au physique ? demanda Guillaume.

- Non, pas exactement. Je parle plutôt du charme qu'une fille possède. Le physique y contribue dans une certaine mesure, mais le charme est bien plus que cela. C'est quelque chose qui émane d'elle, une sorte d'impression que l'on ressent en la regardant. Il y a le regard, le sourire, tous ces petits détails qui, mis bout à bout, créent ce que j'appelle le charme. Seulement, jusqu'à présent, j'ai été un peu aveugle. Je suis resté trop en surface. Je n'ai décelé que l'apparence, alors qu'il y avait des signes évidents de défauts graves, d'instabilité. En analysant les choses à froid, avec du recul, je les discerne mieux maintenant, mais c'est difficile de garder la tête froide face à une fille qui t'attire.

- L'amour est aveugle, dit Guillaume.

- Et le mariage rend la vue, compléta John. Mais il est alors souvent trop tard !

- Je suis tout à fait d'accord avec toi. Si j'avais mieux analysé la personnalité de mon ex lorsqu'on sortait ensemble, je ne me serais jamais marié avec elle.

- Je crois qu'on dit tous ça après coup, dit John, mais c'est inutile de regretter. Ça t'a donné une leçon, c'est tout. La prochaine femme que tu trouveras sera meilleure, parce que tu as compris maintenant que la qualité première à rechercher chez une fille est la stabilité émotionnelle et la fidélité. Moi, sans avoir vécu un divorce, j'ai compris ça aussi. La prochaine fois que je tomberai sur une fille qui change d'avis comme de chemise, je cesserai tout de suite de m'intéresser à elle. J'éviterai de perdre mon temps et mon énergie affective.

- Tu sais que ce que tu dis est intéressant, John ?! On est en train de définir le portrait de la femme idéale.

- C'est exactement ce que je voulais faire en discutant avec toi, dit John.

- Bon, alors continuons ! Quel âge devrait-elle avoir ?

- Au moins dix-huit ans.

- Je dirais même vingt-cinq ans. Je crois qu'elles ne sont vraiment matures qu'à partir de cet âge-là.

- Peut-être, poursuivit John, mais les filles intéressantes à cet âge-là sont quasiment toutes prises. Les autres sont soit trop exigeantes, soit trop caractérielles. Je crois qu'il faut essayer avec des femmes plus jeunes, au risque de se tromper, peut-être, mais qui ne risque rien n'a rien !

- Bon, alors disons vingt ans. Mais, si je vois que ça ne va pas, j'arrête tout de suite, dit Guillaume.

- Ensuite, question physique. Est-ce que sa beauté est importante ?

- Il y a une chose que j'ai remarquée. Quand une fille est belle et qu'elle le sait, elle devient impossible à vivre. Je ne veux pas généraliser non plus. Il doit y avoir des filles très belles avec un très bon caractère, mais je préférerais une fille moins belle, mais gentille.

- Je dirais même que des filles moches mais qui se croient belles sont tout aussi impossibles à supporter, et de surcroît ridicules, car elles n'ont vraiment rien pour plaire, dit John. Tu vois ! Moi, je suis plus sensible au charme qu'elles dégagent. Je trouve que certaines filles au physique ordinaire essaient de compenser leur manque de beauté par une personnalité enrichissante. Elles sont vraiment intéressantes. D'autres, par contre, sont de superbes canons, mais alors c'est « Sois belle et tais-toi ! ».

- Il faut quand même un minimum sur le plan physique ! Il faut qu'elle te plaise, qu'elle t'attire, dit Guillaume. Si je rencontre une fille qui a vraiment un super caractère, mais qui pèse cent cinquante kilos, je ne pourrai pas ! C'est plus fort que moi !

- Je te comprends tout à fait, dit John. Il y a des filles avec lesquelles on ne pourra qu'être ami, sans plus. On ne peut pas se forcer à tomber amoureux de quelqu'un qui ne nous attire pas du tout.

- D'autant plus que je suis au régime ! Alors pas de graisse ! dit Guillaume sous forme de boutade.

- Est-ce qu'elle devrait être intelligente ?

- Oui, mais pas trop. Quand une fille est trop intelligente, tu n'arrives plus à la contrôler. Elle te manipule pour arriver à ses fins. Et, de plus, je ne voudrais pas d'une intellectuelle. Elle serait toujours en train de rivaliser avec moi, de se battre pour être la meilleure. Non, chacun doit garder son rôle : l'homme raisonne par l'esprit, la femme par le cœur. Mais il faut quand même qu'elle ait un peu de logique.

- Je trouve ce que tu dis très stéréotypé, dit John, mais je comprends l'idée. En quelque sorte, il faut qu'elle soit logique dans son illogisme.

- Du moins qu'elle soit relativement prévisible, tout en étant un peu fantaisiste. Les filles trop cartésiennes sont casse-pieds !

John passa en revue tout le contenu de cette discussion profonde qu'il venait d'avoir avec son ami.

- En somme, dit-il, la femme idéale devrait être à la fois intelligente, douce, gaie, pleine de charme et belle.

- Là, je signe tout de suite, répondit Guillaume, mais c'est quasiment introuvable !

John ne put garder plus longtemps son secret pour lui. Il lui raconta en détail le récit de ses récentes aventures.

- C'est une histoire stupéfiante, dit Guillaume. Si j'étais à ta place, je m'imaginerais la femme idéale et je me dépêcherais de plonger dans l'univers où elle vit pour la rejoindre. Après tout, qu'importe si c'est réalité ou illusion, du moment que pour toi ça a l'air réel.

John se replongea dans ses pensées. Il devait imaginer la femme idéale ? C'était une tâche plus complexe qu'il ne l'aurait cru. Les critères de perfection variaient d'une personne à l'autre, et John se trouvait coincé entre des idéaux contradictoires.

- Le problème, c'est que je n'arrive pas à imaginer cet idéal. Je suis partagé entre des idéaux différents, que je n'arrive pas à réunir en un seul, expliqua John, montrant ainsi son dilemme.

Guillaume, toujours prompt à trouver des solutions, suggéra une approche inhabituelle.

- Utilise la méthode Frankenstein ! lança-t-il avec enthousiasme.

- La quoi ? s'étonna John, perplexe.

- La méthode Frankenstein, répéta Guillaume. Tu prends des morceaux de femmes différentes, par exemple de celles dont tu as rêvé, et tu construis une créature de rêve. Ensuite, tu lui donnes vie et tu l'épouses.

John regarda son ami avec incrédulité. Une telle idée lui paraissait folle et absurde.

- Tu as d'autres idées farfelues de ce style ? demanda-t-il avec un sourire.

- Tu n'as pas besoin de déterrer des cadavres pour ça ! expliqua Guillaume en riant. Fais-le en pensée. Ensuite, projette-toi dans un de tes univers musicaux et vis ton rêve en grandeur nature. Ce n'est pas plus difficile que cela.

John et Guillaume prolongèrent leur discussion, partageant des idées et des rires sur la quête de la femme idéale. La soirée s'étira doucement, emplie de réflexions et d'éclats de rire, jusqu'à ce qu'ils se quittent finalement avec la promesse de se revoir bientôt.

Sur le chemin du retour, John commença à considérer sérieusement l'idée de Guillaume, bien que la méthode Frankenstein lui parût au départ extravagante. Il ne pouvait s'empêcher de penser à l'ensemble des traits de caractère, des émotions et des qualités qu'il avait imaginés chez ces femmes idéales au fil des années. Il commença à se rendre compte que cela pourrait être réalisable, du moins dans l'un de ses univers musicaux. Ces mondes qu'il avait créés étaient des toiles blanches où chaque note, chaque mélodie, chaque harmonie pouvait être tissée en une symphonie unique, tout comme les caractéristiques d'une femme idéale.

Peut-être, se dit-il, devrait-il commencer par dresser une liste de toutes ces qualités : la gentillesse, l'intelligence, la beauté, la douceur, la gaîté, la stabilité émotionnelle... La liste s'allongeait au fur et à mesure que sa mémoire faisait remonter à la surface toutes les caractéristiques qu'il avait espérées trouver chez une compagne. Cependant, il lui manquait une pièce essentielle du puzzle : la musique.

John savait que pour créer cette femme idéale dans son univers musical, il devait trouver la mélodie parfaite. Une mélodie qui incarnerait toutes les qualités qu'il avait énumérées, une mélodie qui ferait vibrer son âme et l'emmènerait dans ce monde de rêves.

CHAPITRE 14

Arrivé dans sa chambre, il s'installa confortablement à son bureau. Il était prêt à opérer la fusion. Il se représenta mentalement les trois filles qui l'avaient charmé dans le second univers. Il plaça Magdala à gauche, Lumi au milieu en haut et Laura à droite, de manière à former un triangle équilatéral. Il fit un effort mental pour réduire les côtés du triangle, amenant les sommets à converger en un seul point, procédant ainsi à la fusion. Le début de l'opération s'avéra facile, mais la résistance augmenta progressivement, comme un ressort qui oppose une force croissante à mesure qu'il est comprimé.

John se retrouva bientôt trop épuisé pour poursuivre l'opération, la pression devenant insoutenable. Les trois sommets s'éloignèrent soudain du centre, dépassant leur position initiale, entraînant ainsi la désintégration de l'image.

Il décida de recommencer l'opération depuis le début, cherchant une méthode plus souple. Il commença par visualiser Magdala, la voyant devant lui avec son regard empli de douceur, son visage aux pommettes saillantes et sa peau d'un brun profond. À côté d'elle, il imagina Laura, au regard espiègle, et les compara attentivement.

Il se concentra sur la représentation de Magdala, affinant son visage et réduisant la saillie de ses pommettes. Son regard gagna une expression plus vive et enjouée, tandis que le reste de son corps suivait cette transformation, devenant à la fois plus mince, plus ferme et plus souple. Les images de Magdala et Laura s'effacèrent progressivement pour laisser place à une nouvelle femme, fusion de douceur et d'impulsivité, où les attributs physiques et les caractéristiques de personnalité évoluaient de concert.

Il lui restait désormais à intégrer Lumi. Il l'imagina à côté de sa nouvelle création et les compara minutieusement. Une fois de plus, il se lança dans le processus de métamorphose, cette fois-ci concentré sur la fusion Magdala-Laura. Il modifia la structure du front, qui devint différencié en trois zones distinctes, intégrant la barre de réflexion et la bosse de l'imagination. Le regard prit une expression plus profonde, reflétant à la fois la vivacité et l'intelligence. Le profil se redressa un peu, marquant un contrôle accru de l'impulsivité.

La synthèse était achevée. John venait de donner mentalement vie à une nouvelle créature, un équilibre parfait des qualités de ses trois génitrices. Elle était à la fois douce, vive et intelligente, représentant l'idéal féminin du point de vue de John.

Il décida de lui attribuer un nom magnifique. Elle s'appellerait Cassandra.

Un sourire éclaira le visage de John. Il était satisfait de son travail, mais il avait maintenant hâte de faire vivre Cassandra au sein d'un univers approprié.

John parcourut sa collection de disques à la recherche de l'album idéal. Son choix se porta sur « Différences », la deuxième piste de l'album « Patchwork » d'ARRAKEEN. Ce morceau parlait de la rencontre entre un homme et une femme, une histoire inspirée des légendes elfiques. C'était exactement ce dont il avait besoin.

S'imaginant clairement sa compagne idéale nouvellement créée, John se plongea dans un état d'esprit empreint d'amour et lança la lecture du CD. Au fur et à mesure des premières notes, il se sentit transporté à travers un tunnel ascendant, qui le conduisit vers un point lumineux de plus en plus imposant. Avec le rythme puissant de la batterie, il émergea dans le troisième univers.

Ce monde se distinguait nettement des précédents. Une impression diffuse d'irréalité planait dans l'air. Les lois naturelles semblaient avoir été altérées.

En premier lieu, les couleurs des objets environnants étaient inhabituelles. Les arbres, par exemple, arboraient une écorce d'un brun artificiel, semblable à une couche de peinture. Et cette fleur qui poussait à proximité ! On aurait dit qu'elle s'était échappée d'une bande dessinée. Si elle lui avait souri, cela ne l'aurait même pas étonné. Quel genre de monde étrange était-ce donc ? Un univers hybride entre le dessin animé et la réalité ?

L'ambiance, bien qu'étrange, était cependant apaisante. La dominance des couleurs se situait dans les tons jaune orangé. Le corps entier de John réagissait à ces stimulations visuelles. Il se sentit instantanément reposé, comme après une dure journée de labeur. Toute angoisse le quitta pour céder la place à une sorte de quiétude béate. Il était dans un état d'esprit réceptif, attendant sans crainte de découvrir ce que ce monde lui réservait.

Il regarda autour de lui, balayant l'horizon. Son regard s'arrêta sur un point brillant au loin, qui semblait refléter la lumière du soleil artificiel. Il était trop loin pour distinguer clairement de quoi il s'agissait. Comme un sentier semblait y conduire, il décida de s'approcher pour voir de plus près.

Tout en marchant, il laissa son esprit vagabonder, passant en revue toute la somme d'expériences qu'il avait acquises ces derniers temps. Il était bien loin du John apathique et peu entreprenant qu'il était il y a à peine un mois en temps objectif. Il se métamorphosait au fur et à mesure de ses aventures, et cela d'autant plus vite qu'il semblait disposer d'un temps subjectif visiblement sans limites.

La forme se fit plus distincte. Il s'agissait d'une sorte de colonne, une œuvre particulière qui semblait vivante. La lumière artificielle qui y pénétrait en ressortait diffractée, comme si un prisme était à l'œuvre. Cette lumière décomposée présentait le caractère irréel propre à ce monde, mais d'une manière différente. Une sorte d'énergie interne animait la colonne et modifiait la fréquence d'émission des ondes lumineuses. Ce spectacle laissait John perplexe tout en exerçant sur lui une fascination qui le laissait comme hypnotisé. Il était plongé dans une débauche de couleurs qui imprégnait profondément sa rétine. En s'approchant davantage de l'objet, il ne put plus soutenir le regard de cette vision éclatante. Même en fermant les paupières, il continuait à voir des taches de couleur danser devant ses yeux.

Il attendit quelques instants que les effets de l'éblouissement s'estompent, puis chercha un endroit d'où il pourrait observer l'œuvre d'art sans être aveuglé par son éclat. Il en fit le tour et découvrit qu'une des parties latérales du monument présentait une certaine opacité qui freinait le passage des rayons lumineux. Était-ce un défaut dans l'ouvrage ?

Il put alors l'observer clairement. Il constata avec surprise que c'était une statue de cristal. Elle était parfaite, œuvre de maître, sauf en ce qui concerne cette opacité sur un de ses flancs. Elle représentait une femme. Était-ce la femme de l'artiste ? Sa fille ? Ou bien une inconnue embauchée pour poser ? En tout cas, elle devait être fort belle !

S'approchant de la statue, John examina le revêtement. En posant sa main, il fut surpris de ne pas ressentir la froideur propre au verre, mais plutôt une sorte de chaleur douce qui en émanait.

Il commença à ressentir de la fatigue. Il se coucha au pied de la femme de cristal et s'endormit sur-le-champ.

Lorsqu'il se réveilla, le soleil, ou plutôt l'ersatz de soleil, était déjà bas sur l'horizon. La lumière diffractée par le cristal était beaucoup moins intense. Il se leva et entreprit de regarder la statue en face, maintenant que cela était possible. Il vit que l'intérieur était sombre, comme si un objet y était encastré. Il faisait encore trop clair pour qu'il puisse distinguer de quoi il s'agissait. Encore quelques minutes, et il pourrait le faire.

Cet instant lui sembla une éternité. Finalement, le soleil disparut au loin, et la forme sombre devint accessible à sa vue. Il s'agissait du corps d'une femme. Son image fit écho à ses souvenirs les plus intimes. Un rapport s'établissait entre la vision et sa mémoire. La vérité lui apparut alors en un éclair. La statue de cristal contenait le corps figé de la femme idéale qu'il avait imaginée. Une expression de peur se lisait sur son visage, comme si elle avait été prise de panique au moment d'être emprisonnée dans cette prison de verre. Quel cataclysme ou malédiction l'avait-elle frappée pour la condamner à un tel sort ?

John ressentit une impression étrange, comme si quelqu'un le surveillait de près, comme un regard pesant sur lui depuis l'ombre. D'un mouvement subtil, il se retourna et scruta du coin de l'œil les fourrés environnants. C'est là qu'il les revit, ces mêmes yeux mystérieux qui l'avaient épié dans le second univers. Cette fois-ci, il les fixa directement, mais ils disparurent en un éclair, laissant derrière eux des buissons paisibles agités par le vent.

Qui pouvait bien être cette personne qui le surveillait ainsi ? Était-elle la cause de ce chaos qui avait abouti à l'emprisonnement de son idéal ?

Alors qu'il se tournait à nouveau vers la statue de cristal, John fut surpris de constater la présence d'un homme assis sur le socle. C'était un visage qu'il n'avait jamais vu auparavant, pourtant, il éprouvait ce sentiment inexplicable de déjà-vu qui avait jalonné ses précédents voyages.

D'un ton calme, l'homme lui adressa la parole.

- Te voilà donc de retour, dit-il à John, attendant une réponse qui ne vint pas.

L'homme poursuivit.

- Cette femme que tu as imaginée est d'une beauté exceptionnelle ! Dommage qu'elle ne puisse plus ni bouger ni parler.

- Qui est responsable de cela ? cria John. Est-ce toi ou le personnage énigmatique que j'ai à nouveau aperçu en train de m'épier ?

- Pourrais-tu vivre sur Jupiter ?

La question surprit John, mais il répondit.

- Non.

- Pourquoi ne pourrais-tu pas y vivre ? demanda l'homme, poursuivant son argumentation.

- Parce que l'atmosphère n'est pas adaptée à la vie humaine. De plus, la pesanteur est trop importante. Je serais écrasé au sol, incapable de marcher.

- Pourrais-tu vivre sur Mars ?

- Si on résout le problème de l'atmosphère en créant des endroits alimentés en oxygène, ça serait possible. La pesanteur est inférieure à celle de la Terre, donc supportable.

L'homme fixa John dans les yeux et poursuivit.

- Il en va de même pour les univers dans lesquels tu évolues. Ils sont régis par des lois que tu ne peux enfreindre. La femme idéale que tu t'es conçue ne peut pas vivre dans cet univers-ci. Il y a incompatibilité.

- Pourquoi ? s'étonna John. Dans l'univers précédent, j'ai bien imaginé trois femmes qui se sont bien intégrées.

- Parce qu'elles cadraient avec l'histoire chantée par le groupe. Il y avait compatibilité entre ton imagination personnelle et la vision des artistes qui ont composé la musique. Là, tu viens de créer quelque chose de tout à fait personnel, original et très complexe. Pour faire vivre cet idéal, il te faut un univers très particulier, avec beaucoup de conditions à remplir. Tu pourrais utiliser la production d'un artiste qui a la même vision des choses que toi, mais tu auras du mal à le découvrir.

- Comment faire alors ? demanda John.

- Crée ton propre univers !

- Mais, c'est ce que fais déjà ! s'exclama John.

- Non, tu évolues dans des univers créés par d'autres. Tu ne fais que les adapter à tes propres rêves. Tu ne fais que les modifier légèrement, tu ne crées rien de nouveau. Tu n'es qu'acteur. Deviens créateur !

Sur ces mots, John fut soudainement fortement ébloui et fut happé dans une spirale lumineuse qui le ramena dans sa chambre, à son bureau.

Les derniers mots prononcés par l'homme l'avaient interloqué. Devenir créateur ! Il jouait certes du violon depuis quelque temps, mais il était toujours resté à un stade de musicien moyen. Il ne se considérait absolument pas comme un virtuose, encore moins comme un compositeur. Et voici qu'à présent, il devait se lancer sur les traces des grands maîtres pour créer sa propre œuvre musicale. L'ampleur de la tâche le découragea un instant. Il avait envie de tout laisser tomber. Il ne se sentait pas à la hauteur.

Cependant, repensant à la femme idéale qu'il avait conçue, il retrouva le sourire. Cassandra ! Quelle magnifique créature elle devait être ! Il ne rencontrerait jamais une femme aussi belle et au charme si pénétrant. Surtout pas dans ce monde si morne, si triste ! Oui, décidément, cela valait la peine de faire quelques efforts.

Vince commençait à entrevoir clairement la situation. Il était resté dans son bureau toute l'après-midi. Pourtant, l'ennemi s'était infiltré dans son univers musico-mental. Il n'avait pas pu utiliser la PSYMUS 3.

Peut-être avait-il réussi à déchiffrer les paramètres de programmation qu'il avait intégrés dans la machine lors d'une de ses absences du bureau. Ou alors, existait-il une réplique de cette machine ailleurs ? Ou bien, l'ennemi possédait-il des pouvoirs spéciaux ?

Qu'importe, après tout ! Vince avait une confiance totale dans la capacité de John à résister à ces attaques sournoises.

Ces interventions ennemies pouvaient même agir comme un stimulant, donnant à John l'envie de se surpasser pour contrecarrer ces desseins malveillants.

Il ne restait plus à Vince qu'à poursuivre son travail avec patience. Il repassa en revue toutes les fiches qu'il avait accumulées sur son patient.

John avait réussi à comprendre le fonctionnement du processus de création des univers musico-mentaux.

Il était à présent prêt à aborder la phase suivante : devenir créateur et non plus simplement acteur de ces univers.

C H A P I T R E   15

John avait acquis de bonnes bases dans la maîtrise du violon, mais il n'avait atteint qu'un niveau de musicien moyen. En effectuant une auto-analyse la plus objective possible, il conclut que son travail musical était plutôt irrégulier. À certains moments, il pouvait passer trois heures d'affilée à s'entraîner. À d'autres périodes, il pouvait laisser passer deux semaines complètes sans toucher son archet. Comment pouvait-il donc espérer progresser dans la maîtrise de cet art difficile ?

En fait, ce qui lui manquait était une puissante motivation, une passion. Il l'avait trouvée sous les traits de Cassandra. Atteindre l'état de virtuose lui ouvrirait également les portes de l'amour !

Il allait donc se mettre sérieusement au travail pour devenir un bon musicien. Ensuite, il s'attaquerait au stade de la composition.

Il gagna l'endroit du grenier qui était réservé à la pratique du violon, une sorte de temple musical où tout était dédié à cet art. Tout un coin de la pièce était garni d'une kyrielle d'appareils électroniques. John, en effet, aimait amplifier le son du violon pour mieux l'apprécier. Il utilisait également une boîte à effets pour modifier la sonorité et l'adapter aux morceaux qu'il exécutait.

Il sortit un tas de partitions et rechercha la méthode qui l'intéressait. Elle était axée sur le travail de l'archet et du style. C'était exactement ce dont il avait besoin pour progresser. Il travaillerait parallèlement les positions, en particulier la quatrième et la cinquième, qu'il ne maîtrisait pas à la perfection.

Il passa ainsi plusieurs semaines à s'entraîner chaque jour. Parfois, il se sentait en pleine forme, où tout lui semblait possible. Son archet virevoltait comme s'il n'était entravé par rien. D'autres fois, il se sentait déprimé. Ce vibrato sur lequel il travaillait désespérément ne donnait rien de bon. Dans ces moments de cafard, il pensait à Cassandra. Son image devant ses yeux le métamorphosait instantanément. Il retrouvait le courage et l'optimisme qui lui faisaient défaut et repartait de plus belle, convaincu que rien n'était impossible pour qui voulait y croire.

Il évolua rapidement, tellement motivé par le désir de voir Cassandra évoluer dans un univers musical.

Il était enfin prêt, un bon musicien. La première étape était franchie. Après avoir longuement travaillé sur les œuvres musicales des autres, il allait désormais se lancer dans la grande aventure de la composition. Il allait créer sa propre musique et … ses propres univers musico-mentaux.

Cela le fascinait et l'angoissait à la fois. Comment allait-il s'y prendre pour écrire sa musique ? Il n'avait jamais composé auparavant, c'était quelque chose de totalement nouveau pour lui !

Il s'installa confortablement dans un fauteuil et se mit à réfléchir intensément. Il devait d'abord cerner le problème. Il essaya de donner une définition précise de la nature de la musique. Qu'est-ce que le musique ?

La musique sert à exprimer des émotions. Elle émerge du fond de soi-même. John se sentait capable d'écrire une lettre pour exprimer ses émotions, mais il devait maintenant utiliser une approche différente. Il ne pouvait plus se servir de mots, mais il devait utiliser des notes de musique. Bien sûr, les deux approches pouvaient être complémentaires. Sa « lettre écrite » pourrait constituer les paroles de la chanson, mais le travail principal qui l'attendait consistait à composer la mélodie.

John s'interrogea sur le processus à adopter. Il essaya de réfléchir à l'effet que la musique avait sur lui. Quand il écoutait un morceau, il se représentait des images, une certaine couleur, un certain éclairage. Il associait des images à la musique et ressentait des sensations particulières, une ambiance.

John devait à présent opérer dans le sens inverse. Il lui fallait imaginer un cadre, une situation, une ambiance et transcrire cela en code acoustique.

Il fouilla dans sa mémoire à la recherche d'un récit intéressant à exploiter. Il lui fallait trouver un passage romantique, mettant en scène deux amoureux qui s'aimaient tendrement. Plusieurs extraits littéraires lui vinrent à l'esprit. Il s'arrêta sur l'histoire de Roméo et Juliette. Il sentit la scène vivre en lui. L'inspiration lui venait, les images commençaient à se bousculer dans son esprit. Il devait saisir l'occasion au vol. S'il remettait les choses au lendemain, son flux créatif l'aurait quitté. De sa main gauche, il empoigna le manche du violon. De sa main droite, il saisit résolument l'archet, l'abaissa sur les cordes et entama son improvisation.

Les notes qui s'échappèrent remplirent la pièce. Les murs semblaient vibrer en harmonie avec son instrument. Son corps tout entier ne faisait qu'un avec le violon. La symbiose de l'artiste et de son outil constituait une ode à la créativité.

Les notes s'alignèrent, formant une partition qui s'étala devant lui comme un tapis volant le menant vers une autre réalité.

Soudain, elle fut là, à son balcon, perle de lumière brillant dans la nuit noire. La lune se reflétait dans ses cheveux dorés, et elle semblait être une étoile brillante dans le ciel qui s'étendait derrière elle.

Lui, ménestrel au cœur épris, se tenait sous son balcon, dans la position d'infériorité de celui qui a une demande à faire. Il était dans la position idéale pour que les notes s'envolent vers elle et atteignent ses tympans avec toute la force de sa passion.

John savourait intensément ce fugace moment d'intense émotion. Il n'avait jamais ressenti un sentiment aussi passionné. Il aurait souhaité que cet instant n'ait jamais de fin.

John se sentait parfaitement maître de son jeu. La sérénade s'écoulait dans les airs avec fluidité, l'amenant inéluctablement dans les bras de sa bien-aimée.

Soudain, l'archet s'enraya. Les sons mélodieux qui adoucissaient l'air s'éteignirent. Les vibrations discordantes qui émergèrent alors entachèrent ce tableau. La machine si bien huilée venait de s'incliner devant un grain de sable, minuscule et insignifiant, mais aux conséquences si désastreuses.

La belle n'avait plus l'air d'apprécier. Son sourire angélique avait cédé la place à une expression de dégoût. Le Roméo du début, grand poète et ménestrel qui avait charmé le cœur de la belle, s'était transformé en musicien raté, importunant les oreilles sensibles de Juliette.

John ne voulut pas admettre son échec. Il n'avait pas fait tous ces efforts pour abandonner aussi près du but. Il était d'autant plus agacé que l'introduction de son morceau avait été exécutée de manière irréprochable. Pourquoi avait-il failli maintenant ?

Non, ce n'était qu'une faiblesse passagère, un petit incident dû au trac qu'il ressentait face à sa bien-aimée, la peur de lui déplaire.

Il allait reprendre le contrôle de sa respiration, se calmer et poursuivre son jeu. Les choses allaient s'arranger. Il retrouverait rapidement la maîtrise de son instrument.

Il s'obstina, mais le violon ne semblait plus lui obéir. Il s'entêta, ne voulant pas s'avouer vaincu.

La belle, à son balcon, devenait de plus en plus irritée. Elle atteignait les limites de sa patience.

John, continuant à s'acharner sur les cordes, sentit une avalanche d'eau lui tomber sur la tête. La belle avait craqué et lui avait envoyé un seau d'eau, pour le faire taire. L'eau dégoulinait de ses cheveux trempés, emportant avec elle ses rêves déçus. Il leva la tête et découvrit l'ampleur du désastre. Il avait espéré susciter des sentiments amoureux chez Cassandra/Juliette, mais il avait obtenu l'effet inverse. Il se sentait misérable, pitoyable.

Pire encore, John entendit un rire moqueur se répéter au loin, envahissant son esprit. Cet écho, résonnant en lui, le plongea dans un profond désespoir. Son ennemi avait de nouveau remporté une bataille. Comment pourrait-il lui tenir tête ? Si seulement il pouvait le discerner clairement ! Mais non, il demeurait insaisissable, énigmatique, le fuyant dès qu'il s'approchait trop près. Il l'attaquait par surprise, par traîtrise, ne lui laissant aucune chance de le contrecarrer.

Quelqu'un lui tendit une serviette. Il fut agréablement surpris de la compassion dont on faisait preuve à son égard. Cela lui fit le plus grand bien dans son état de dépression soudaine.

Il saisit la serviette, se sécha les cheveux et regarda son bienfaiteur. Un regard empreint de bonté marquait son visage. Il arborait un sourire amical, une expression de sagesse marquée par ses cheveux gris se dégageait de lui.

- Courage, dit-il, ce n'est qu'un début ! Tu es sur la bonne voie.

John, le reconnaissant, vit le décor s'estomper. Après un bref instant d'étourdissement, il se retrouva à nouveau chez lui, dans son grenier, le violon à la main.

Vince était pensif, assis à son bureau devant la PSYMUS 3.

Le travail intense de John pour regagner son pouvoir créatif atteignait un stade critique.

Vince sentait que sa présence constante aux côtés de John était désormais nécessaire. Il ne fallait surtout pas abandonner maintenant. John était arrivé au milieu de l'échelle, l'endroit le plus délicat. Il fallait poursuivre l'ascension, sinon c'était la chute inévitable.

Vince prit le vidphone et appela son domestique.

- James, veuillez me ramener mon lit portatif, mes affaires de toilette et des provisions pour tenir une semaine. Je ne quitte plus mon bureau jusqu'à ce que ma mission soit achevée.

La guerre était déclarée ! Vince se jurait de la gagner.

CHAPITRE 16

John ne se sentait pas bien. Une sorte de nausée l'avait envahi. Il posa son instrument et s'assit, se tenant la tête entre les mains, attendant quelques instants que le malaise se dissipe.

Il venait de subir un revers, mais allait-il tout abandonner, alors que ses récents progrès musicaux avaient été si remarquables ? Non ! Là où d'autres auraient jeté l'éponge, John trouva une motivation pour persévérer dans ses efforts.

Personne n'atteint le sommet sans surmonter les obstacles qui se dressent sur son chemin comme des rochers. Au lieu de trébucher sur la pierre, il préférait l'utiliser pour se hisser plus haut.

Tout bien considéré, ce n'était pas un échec. Il avait même joué avec brio le prélude de sa composition. Que s'était-il donc passé ? Tout allait bien, jusqu'à ce qu'un doute l'envahisse. Cette pensée parasite s'était insinuée dans son esprit et avait détruit l'harmonie. C'était comme si la machine s'était enrayée. John s'était alors retrouvé dans la position du funambule qui perd son équilibre, la vision de la chute imminente accentuant le déséquilibre déjà existant.

Il devait regagner confiance en lui, se remettre au travail et créer un nouvel univers musical. Il prit quelques inspirations profondes et retrouva son calme. Il se sentit à nouveau détendu, les images affluant à nouveau dans son esprit, prêtes à être transformées en musique.

Il se releva, saisit son violon et adopta une posture déterminée, résolu à ne pas se laisser abattre par un ennemi, aussi puissant soit-il ! Il leva son archet, attaqua les cordes de son violon, faisant vibrer l'atmosphère. La perturbation se propagea et s'amplifia. Il fut entraîné dans l'œil du cyclone, projeté à travers les espaces infinis. Tout était vide, néant. Mais les ténèbres semblaient s'animer. Une activité fébrile semblait se développer.

John vit les éléments s'organiser. Un édifice prenait forme dans ce néant. Tout d'abord, une tour surgit de terre. Elle était ronde et coiffée d'un toit pointu. Alors qu'elle s'élevait, elle fut suivie par trois autres tours, qui s'élevèrent également. Elles semblaient rivaliser pour atteindre la plus haute position possible dans les cieux, comme si elles luttaient pour la suprématie. Le mouvement ralentit, et elles se figèrent à différentes hauteurs. Entre elles, une construction plus large se dressa, semblant vouloir occuper tout l'espace disponible. Elle était surmontée d'un toit plus imposant et différenciée en plusieurs niveaux. Des fenêtres apparurent. Quatre autres tours plus petites émergèrent aux quatre coins de l'espace occupé. Elles s'arrêtèrent à mi-hauteur de la tour la plus haute. Dans la scène suivante, il semblait que ces tours envoyaient des bras, ou quelque chose de similaire, les unes vers les autres. Les mains se rejoignirent, et tout se figea, formant des murs d'enceinte surmontés de créneaux. La matière elle-même évolua, passant du gris indifférencié de la pierre à une sorte de blancheur laiteuse. La teinte s'éclaircit progressivement et devint de plus en plus translucide. La vision se stabilisa. John venait de créer un château de cristal d'une beauté exceptionnelle. Le tout était maintenu en cohésion par la musique qui enveloppait ce cadre, comme si les notes constituaient le ciment unificateur des éléments de base.

John restait en contemplation devant cette merveille. Il était profondément heureux de ce qu'il avait créé et pensait enfin avoir atteint son objectif : créer son propre univers. Il ferma les yeux et se laissa imprégner par le charme pénétrant qui émanait de cet édifice.

Soudain, un étrange sentiment d'inquiétude s'empara de lui. Une peur panique commença à l'envahir, son cœur se nouant de terreur. Il ouvrit les yeux et aperçut avec horreur que l'image si pure du château avait été altérée. Une tache noire s'était formée au centre de celle-ci. Elle semblait insignifiante au début, mais elle prit rapidement de l'ampleur, telle une tumeur qui grossit à vue d'œil, menaçant d'engloutir tout ce qui l'entourait. Une fois qu'elle atteignit une taille conséquente, elle se scinda en deux, comme si une division cellulaire venait de s'opérer. Les deux moitiés de la tache évoluèrent dans leur forme, et en les fixant intensément, John eut l'impression que quelque chose de vivant en émanait. Il distingua clairement la forme de deux yeux qui se dessinaient. Plongeant dans ce regard, John eut le sentiment de percevoir toute la noirceur du monde à travers ces fenêtres ouvertes sur le monde des ténèbres.

Profondément marqué par cette vision, John perdit le contrôle de son instrument, et un son strident en jaillit. Il fit vibrer l'atmosphère environnante et frappa le château de plein fouet. Ce dernier lutta un instant pour conserver sa cohésion, comme s'il était doté de vie et ne voulait pas sombrer dans le néant. Cependant, l'oscillation parasite gagna en puissance, amplifiée par le cristal qu'elle frappait. Le château éclata en mille morceaux, et l'espace de projection fut envahi par les débris, se dispersant dans toutes les directions. John, instinctivement, mit la main devant son visage, cherchant une protection.

Lorsqu'il rouvrit les yeux pour regarder à nouveau la scène, il aperçut un homme au milieu des décombres. Son apparence lui était inconnue, mais quand il croisa son regard empli de vivacité et de compassion à la fois, John sut qui s'approchait de lui.

- Tu as fait des progrès, félicitations ! dit l'homme. Ce château de cristal est d'une beauté remarquable.

- Dis plutôt qu'il « était » d'une beauté remarquable ! Cet univers n'a pas duré bien longtemps !

- Ne te laisse pas décourager par tes échecs ! Nul n'a connu la gloire sans surmonter d'obstacles. Continue à créer ! N'abandonne pas !

Ces mots résonnèrent dans la tête de John comme un écho infini. Il eut l'impression d'être placé directement sur la membrane d'un haut-parleur délivrant un son puissant. Son corps entier semblait vibrer à la fréquence de résonance. Il perdit pied et bascula à nouveau dans le monde réel.

Encore sous le choc, tremblant de tout son être, comme s'il était lui-même la membrane d'un haut-parleur, il posa son violon et se dirigea vers un fauteuil dans le coin de la pièce. Il s'assit et enfouit sa tête dans ses mains. Il se sentait las, épuisé. Toute son énergie avait été dépensée pour créer cet univers, ce magnifique château qui avait été anéanti en un instant.

Pourquoi tout ce qu'il entreprenait se soldait-il toujours par un échec ? Qui était ce personnage maléfique qui semblait s'acharner à contrecarrer ses projets ?

- Dans cet état de désespoir profond, il médita sur les dernières paroles de son bienfaiteur avant de le renvoyer dans le monde réel :

- Continue à créer ! N'abandonne pas !

Ces paroles étaient pleines de sagesse. Mais, bien qu'il y adhérât mentalement, il ne se sentait pas encore prêt à tenter une nouvelle expérience. Il devait d'abord se reposer un peu et recharger ses batteries.

CHAPITRE 17

John ressentit le besoin de voir quelqu'un. Rester seul, assis dans son fauteuil à ressasser des idées sombres ne lui serait pas profitable, et cela ne ferait qu'aggraver sa descente dans les abysses, comme s'il était lié à une lourde charge le tirant vers le fond. Il avait besoin de quelqu'un pour l'aider à se délester de ce fardeau, afin qu'il puisse remonter à la surface.

Il prit sa voiture et se rendit chez Elsa, la fiancée d'Alex. Ils entretenaient une amitié sincère, sans ambiguïté. Elle était la fiancée de son meilleur ami, et John n'aurait jamais envisagé de franchir cette limite.

- Lorsqu'il arriva chez elle, il remarqua une table du salon couverte d'une planche de puzzle. Certaines pièces étaient déjà assemblées, tandis que d'autres étaient disposées en tas.

- Tiens, tu fais un puzzle ! s'exclama John.

- Oui, c'est un puzzle de trois mille pièces. C'est un paysage de montagne en hiver. Tu peux voir l'image sur la boîte, si tu veux.

- Ah, oui ! C'est magnifique ! Mais ça ne doit pas être évident ! Rien que pour le ciel, il doit y avoir au moins une centaine de pièces, presque toutes de la même couleur. Pour les assembler, tu dois les essayer une par une dans tous les sens. Ça doit être un peu fastidieux.

- Si tu fais comme tu le dis, oui. Mais, si tu suis une méthode, c'est beaucoup plus simple.

- Ah, bon ! Il existe une méthode pour faire les puzzles ? s'étonna John.

- Regarde ! Je vais te montrer. C'est en réalité assez simple.

- Ça, c'est toi qui le dis, fit remarquer John.

- D'abord, tu tries les pièces. Tu mets de côté toutes celles qui ont un côté plat, elles formeront le cadre. Ainsi, tu auras délimité les contours de l'image. Ensuite, tu tries les pièces restantes en faisant un tas avec les pièces bleues pour le ciel, les vertes pour la forêt, les blanches pour la neige, et ainsi de suite.

- Cela ne résout pas le problème dont j'ai parlé auparavant, fit remarquer John. Tu auras toujours cent ou deux cents pièces bleues pour le ciel, sans savoir comment les assembler.

- Oui, mais tu as déjà un cadre sur lequel travailler, et ensuite tu remarqueras qu'il y a des pièces qui ont des formes spéciales. Ce sont celles qui sont le plus facile à assembler. Ensuite, une fois que tu as commencé à assembler quelques pièces, les autres s'imbriquent plus facilement.

- J'ai compris maintenant, dit John. Mais qu'est-ce que tu retires à faire des puzzles ? Pour moi, c'est une perte de temps. Si c'est juste pour l'image, autant acheter un tableau déjà terminé, que tu n'auras plus qu'à accrocher au mur. On n'a jamais assez de temps pour faire tout ce qu'on voudrait. Si en plus on doit le perdre dans des activités comme celle-là !

- Ce n'est pas uniquement pour l'image que je fais des puzzles. En fait, même s'il n'y avait pas d'image et que le puzzle serait entièrement bleu, le processus serait le même. L'image n'est qu'un moyen de contrôle. Elle permet de mesurer l'avancement des choses, et lorsque le puzzle est terminé, on ressent la satisfaction de l'œuvre accomplie.

- Si ce n'est pas dans l'image elle-même que réside l'intérêt, où est-il alors ? demanda John.

- C'est un travail de restructuration. Il a une valeur symbolique. C'est comme si on travaillait sur les morceaux épars de sa personnalité disloquée pour les intégrer à nouveau dans une personnalité unifiée.

- Pourquoi alors ne pas travailler directement sur ta personnalité au lieu de le faire par le biais d'un puzzle ? demanda John.

- Parce que lorsque l'on travaille sur soi, on se heurte à de fortes résistances. Il y a en soi des forces qui s'opposent au changement, qui préfèrent s'installer dans une sorte de statu quo sécurisant. En travaillant sur quelque chose d'extérieur à soi, on contourne cette difficulté. Cependant, intérieurement, on change de façon subtile, inconsciente, mais néanmoins réelle.

John médita un moment sur ce que son amie venait de lui dire.

- Et toi, que fais-tu en ce moment ? lui demanda-t-elle.

- J'effectue également un travail de restructuration, mais j'utilise une autre méthode.

- Laquelle ?

- La musique. En jouant, j'ai l'impression de faire quelque chose d'utile. Je me suis rendu compte qu'en composant, j'évolue parallèlement à ma musique, bien que, à vrai dire, en ce moment, je traverse une phase difficile. Je suis au creux de la vague. J'ai l'impression que rien de ce que je fais n'est bon. Je me sens misérable.

- C'est tout à fait normal. Tous les artistes, même les plus grands, traversent des périodes de vide. Leurs œuvres accessibles au public, ce que l'on peut lire, voir ou entendre, ne représentent que la partie visible de l'iceberg. On ne perçoit pas tous les échecs, les dépressions, les demi-tours créatifs qui composent la face cachée de l'iceberg, la plus importante. Mais s'ils ont réussi à produire, c'est parce qu'ils ne se sont pas laissé abattre. Ils ont toujours persévéré dans leur travail de création, refusant de prêter attention à cette voix intérieure qui les poussait à l'auto-sabordage.

John réalisa une fois de plus le pouvoir important que peuvent revêtir les mots. S'il existe des mots destructeurs qui peuvent avoir un effet dévastateur, il existe aussi des paroles qui revigorent instantanément les âmes déprimées et leur donnent l'impulsion nécessaire pour repartir.

Elsa faisait partie des rares personnes qui maîtrisaient cette alchimie de la langue, transformant les pensées les plus communes en or.

John quitta son amie en se félicitant de l'idée géniale qu'il avait eue de lui rendre visite. Quelques heures auparavant, il avait envisagé de déposer ses armes, prêt à démissionner de son poste de chevalier. À présent, il était en route pour équiper à nouveau son cheval en vue de la bataille. Si son ennemi continuait à s'acharner à détruire les univers qu'il créait, il aurait à présent affaire à un adversaire coriace.

John se rendit à nouveau au temple de la musique, tel un chevalier allant prier avant de partir en mission. Il leva son violon comme un bouclier, assurant sa protection. Tant que la musique se déverserait dans les airs avec fluidité, il n'aurait rien à craindre. Les enchaînements mélodiques constitueraient sa parade face aux attaques de l'ennemi. À présent, il ne tolérerait plus qu'une fissure dans sa défense vienne anéantir tous ses efforts.

Il se concentra intensément sur la tâche à accomplir. Inspirant profondément, il releva la tête avec détermination. Son regard était résolu, et il leva son archet comme une épée brandie contre les forces du mal.

Les cordes attaquées avec force firent naître un air quasi martial qui frappa la toile vierge où se projetaient ses pensées. Des éléments s'organisèrent, comme attirés par de minuscules aimants disposés de manière anarchique sur la surface de travail.

Dans un coin, un château de cristal se forma à nouveau, réplique exacte du précédent. Un autre îlot apparut, abritant un lac sur lequel évoluaient des cygnes d'une blancheur parfaite. Les rives de ce lac semblaient communiquer avec le néant dans un dégradé tendant vers le flou. Une montagne surgit à travers les ténèbres, défiant l'absence de relief de l'ensemble. D'autres éléments commencèrent également à prendre forme.

John se rappela la conversation qu'il avait eue avec Elsa. Il réalisait actuellement le même travail de restructuration. Il créait des îlots, comme dans un puzzle. Pour obtenir l'image finale, c'est-à-dire un univers complet et définitif, il lui fallait rassembler ces éléments disparates.

Ce travail devait correspondre à une transformation intérieure significative, car l'univers qu'il engendrait était une projection musicale de ce qui résidait en lui. Il se concentra encore plus profondément, tentant d'opérer la synthèse. Il s'efforça de se représenter clairement l'univers fini et de contraindre les îlots à adhérer à cette image.

Il rencontra d'importantes résistances, ayant l'impression de comprimer un ressort, la tension devenant de plus en plus forte. Une sonnette d'alarme retentit dans un coin de son cerveau.

MONDE NON VIABLE ! MONDE NON VIABLE !

Comme lors de ses précédentes tentatives, le contrôle lui échappait. Pourtant, il jouait à merveille. On ne pouvait lui reprocher aucune déficience dans sa technique d'exécution. Pourquoi y avait-il à nouveau un problème ?

Dans un coin de l'écran mental apparut un îlot parasite, sombre et repoussant. Il grandit comme une tumeur maligne et se répandit comme la gangrène, phagocytant les autres îlots sains. L'image initiale se métamorphosait progressivement en celle de l'ennemi, sombre, aux yeux menaçants.

L'image parasite diminua puis disparut, laissant place à des ténèbres angoissantes, témoins silencieux d'une bataille perdue, victoire des forces anti-créatrices sur l'artiste effondré.

John se sentait entraîné dans le trou noir lorsque l'écran redevint lumineux, d'abord de façon imperceptible, puis de plus en plus clairement. Le flou initial s'estompa pour engendrer l'image revigorante de son bienfaiteur, qui remplit tout l'espace. Tout d'abord, le son était absent, comme si une recherche automatique de fréquence s'était amorcée, tentant de se caler sur la meilleure réception possible. L'image devint nette, le son devint audible.

- La cohésion est difficile, dit le visage. Je dois fournir des efforts trop importants pour me maintenir dans ce monde désarticulé.

- Que s'est-il passé cette fois-ci ? demanda John. J'ai pourtant réussi à créer plusieurs éléments de l'univers. Tout semblait se dérouler à merveille, puis soudain, cet îlot parasite est apparu.

- Tu t'es trompé en utilisant une métaphore inappropriée ! La méthode du puzzle n'est valable que si elle s'intègre dans un ensemble unifié. Pour créer des forces de cohésion suffisantes, tu dois trouver un lien unificateur, donner un thème à ton œuvre.

Le point central de l'écran commença à osciller. Des fissures en partirent et se propagèrent telles une toile d'araignée qui le piégeait. Le visage se brisa en mille morceaux, et l'écran devint noir.

Vince était épuisé par cette intervention. Il avait dû fournir une énergie colossale pour se maintenir dans cet univers. Cependant, il était heureux, savourant le repos du guerrier qui savait qu'il avait combattu vaillamment et avec succès. Il avait réussi à faire passer le message à John : trouver un THÈME, un lien unificateur.

Il activa son alarme pour être prévenu en cas d'intrusion dans son bureau et s'accorda une heure de sommeil condensé. Quand il se réveilla, il était encore un peu fatigué, mais suffisamment reposé pour poursuivre son travail sur son patient.

John se retrouvait seul avec lui-même. Il venait de connaître à nouveau un échec. Cependant, il préférait le considérer comme un pas vers la victoire. À travers des errances et des tâtonnements, il commençait à mieux cerner la complexité des rouages de la production artistique. De simple musicien, il accédait au statut de créateur.

Il lui fallait à présent trouver un thème à développer, un sujet grandiose qui le passionnerait, qui le pousserait à se consacrer corps et âme. Il en sortirait grandi et métamorphosé.

Il passa mentalement en revue toutes les histoires qu'il avait lues. À la base, il y avait toujours une histoire d'amour, preuve que c'était l'une des préoccupations principales de l'homme. Il fit la distinction entre deux grandes catégories. D'un côté, il y avait celles qui se terminaient bien, la chute classique des contes de fées où « ils vécurent heureux et eurent beaucoup d'enfants ». De l'autre côté, il y avait les tragédies, comme Roméo et Juliette se suicidant tous les deux.

Personnellement, il ne souscrivait à aucune de ces tendances extrêmes. Il ne croyait pas en l'amour idéalisé qui ne rencontre jamais de problèmes, qui perdure dans un statu quo de sérénité béate. Il n'était pas non plus défaitiste, pensant que toutes les aspirations de l'homme devaient s'éteindre dans les profondeurs du désespoir. Il adoptait un point de vue plus réaliste et positif. Il pensait que l'amour devait se construire à deux. Pour cela, deux conditions devaient être remplies. Il devait trouver une compagne qui soit une réelle collaboratrice, qui s'efforce sincèrement de travailler à ses côtés à la réussite de leur projet commun. Il fallait également que l'environnement soit propice, fournissant les conditions et les matériaux nécessaires à cette construction.

Il disposait déjà de la compagne adéquate. Il avait Cassandra, une créature de rêve qu'il avait conçue lui-même de toutes pièces. Elle synthétisait à la fois la beauté physique, le charme, l'intelligence et l'enthousiasme. Il avait veillé à ce qu'elle ait toutes les qualités qui feraient d'elle une femme idéale. Il lui restait à trouver l'environnement.

Il prit son violon et commença à faire vibrer les cordes. Un son mélodieux remplit la pièce et sembla prendre de la consistance. Une surface plane s'étendit en un plan horizontal, toile de fond sur laquelle l'artiste peintre musical allait pouvoir opérer.

En générant des variations autour de la note fondamentale, le revêtement blanc commença à se déformer, enregistrant les oscillations. Le relief s'installa. Une différence nette se créa entre les collines et les vallées. Par un jeu de vibrato subtil, l'ensemble se revêtit d'une belle couleur verte qui lui donna un aspect vivant. Grâce à des changements de position entraînant un travail poussé sur les tonalités, des nuances apparurent dans l'uniformité initiale de la couleur. Grâce aux staccatos bien placés, des arbres poussèrent et formèrent des forêts magnifiques. Les trilles firent apparaître des oiseaux qui remplirent les airs de leur chant mélodieux, comme s'ils répondaient au jeu de John. Le cadre paradisiaque, le décor de la pièce de théâtre, se créait.

John continua à travailler dessus encore une heure, faisant apparaître des fleurs et donnant vie à plusieurs animaux. Il était prêt pour la phase ultime de son œuvre : l'intégration de Cassandra dans cet univers.

Il aménagea une petite clairière au sein de la forêt et y fit apparaître une source qui distillait son eau pure et vivifiante. Il déposa délicatement Cassandra à côté, tel un vase de choix, précieux mais fragile. Elle dormait. Il la contempla longuement.

Un sourire lumineux éclairait son visage, lui conférant un aspect angélique. Tout en elle était parfait. John en ressentit une grande fierté, celle de l'artiste qui contemple son œuvre achevée et s'auto-complimente pour son génie dans une posture narcissique.

Il fit un effort de concentration et se projeta à son tour dans l'univers qu'il avait conçu. De créateur, il devenait acteur. Il quittait sa position quasi divine pour revêtir l'aspect d'une créature de rang inférieur, aux pouvoirs restreints. Désormais, il ne pourrait plus modifier les éléments à sa guise. Il ne pourrait qu'agir de façon limitée.

La pièce de théâtre qu'il avait écrite était à présent prête à être jouée. Il s'approcha de la belle endormie et se pencha sur elle. Sentant sa présence, du fond de ses rêves, elle se réveilla et l'aperçut.

- Ne crains rien, dit John. Je ne te ferai aucun mal.

- Qui es-tu ?

- Je m'appelle Quentin, dit John.

Il avait volontairement choisi ce prénom pour donner un aspect plus féérique à ces événements. Il avait jugé que le prénom John ne cadrait pas avec le personnage qu'il se proposait d'incarner.

- Ton nom est Cassandra.

Il marqua une pause pour lui permettre d'intégrer l'information et poursuivit :

- Tu viens d'être créée par un Dieu tout-puissant qui désire notre bonheur à tous les deux. Regarde ce cadre magnifique dans lequel il nous a placés.

Il observa un instant de silence pour permettre à Cassandra d'apprécier cette vision féérique.

- Sens le parfum envoûtant dégagé par ces fleurs ! lui suggéra John.

Cassandra inspira profondément, un sourire de satisfaction illuminant son visage.

- Goûte cette eau pure qui coule à profusion ! poursuivit John.

Elle but et ressentit une sensation de fraîcheur qui la rendit encore plus rayonnante.

- Mange ces fruits succulents et variés que je t'ai cueillis pour que tu puisses prendre quelques forces !

Cassandra les accepta volontiers.

John lui cachait volontairement le rôle qu'il avait joué dans cette histoire. Comment, d'ailleurs, aurait-il pu être crédible en affirmant être le créateur de ce monde, alors que dans son état actuel il était quasiment enchaîné ? Il ne pouvait plus quitter cet univers par ses propres moyens. Une fois qu'il y avait pénétré, seul son bienfaiteur pouvait lui ouvrir la porte de sortie. Il pourrait peut-être le faire lui-même un jour, mais pour l'instant, il n'en avait pas le pouvoir.

Qu'est-ce que nous sommes censés faire ici ? demanda Cassandra. La vie a-t-elle un but autre que celui de manger, boire et dormir ?

- Nous avons un dessein grandiose à accomplir. Pour l'instant, ce paradis a des dimensions réduites. Il n'occupe qu'une partie très restreinte de cette planète appelée Terre. Il reste un travail immense à accomplir : étendre le paradis partout.

- Nous ne sommes que deux, Quentin ! Comment pourrions-nous réaliser cette tâche immense tous seuls ? Même avec la vie éternelle devant nous, cela semble irréalisable !

- Pas si nous nous multiplions. En ayant des enfants, qui à leur tour se reproduiront, la planète sera un jour peuplée d'humains qui vivront heureux et en paix.

John se réjouissait à l'idée d'être reconnu par ses descendants comme le père fondateur d'une terre merveilleuse. Tout le monde lui accorderait le respect partout où il irait. Nul ne contesterait jamais son autorité, car il avait conçu Cassandra de façon parfaite. Elle n'avait aucune tare en elle. Leurs enfants seraient donc fondamentalement bons, et il les éduquerait dans la bonne voie. Il comprenait pourquoi l'humanité avait échoué dans le monde d'où il venait, qu'il appelait le « monde réel ». Il connaissait les défauts qui empoisonnaient le cœur des humains : l'égoïsme, la cupidité, la haine, l'intolérance, et bien d'autres. Il s'efforcerait d'empêcher l'éclosion de tels sentiments chez ses descendants. Il était même prêt à châtier les réfractaires. En tant que concepteur de cet univers, il avait tous les droits.

Il était déterminé à imposer le respect pour sa position. Il était bon, prêt à tout pour le bonheur de sa femme et de leurs futurs enfants, mais il ne pouvait tolérer que des rebelles mettent en péril l'ordre qui régnait dans cet univers. Le bonheur de ceux qui lui resteraient fidèles en dépendait.

Il réfléchit longuement à la manière dont il allait s'y prendre pour se faire respecter. Il ne voulait pas priver ses créatures de quoi que ce soit. Il utiliserait simplement un symbole, quelque chose de visible qui rappellerait à tous ceux qui le regarderaient qu'il était le créateur de cet univers et qu'on lui devait le respect.

Comme il ne pouvait pas se présenter en tant que tel, il décida de parler d'un Dieu, dont il se déclarerait le représentant. Les humains ont plus de crainte vis-à-vis d'une divinité qui a le pouvoir de vie et de mort que vis-à-vis d'un homme que n'importe quel traître rusé peut abattre à la première occasion favorable.

Le lendemain, alors qu'il se promenait avec sa femme, il lui demanda :

- Ne t'es-tu jamais interrogée sur l'attitude de Dieu à notre égard ? À ton avis, que désire-t-il de notre part ?

- Que nous fassions de cette planète une demeure agréable et que nous la remplissions, répondit Cassandra. C'est ce que tu m'as enseigné !

- C'est vrai. En créant cet univers et en y plaçant la vie, Dieu désirait que ses créatures respectent son œuvre, qu'elles en prennent soin. L'homme est le jardinier de cet immense paradis. Il peut en faire un joyau étincelant, tout comme il peut aussi le transformer en un endroit répugnant, nauséabond. Mais sache pourtant que si l'homme choisit de saccager son environnement, le propriétaire des lieux ne tardera pas à l'en éjecter.

- L'homme n'est donc pas libre ! s'exclama Cassandra.

- Si, l'homme a le libre arbitre, mais il jouit seulement d'une liberté relative. En créant l'homme, Dieu n'a pas fait un robot. Il désirait qu'il l'aime et l'adore par reconnaissance pour tout ce qu'il avait fait pour lui. Il a placé devant lui deux voies. L'une de ces voies mène à la vie dans le bonheur. L'autre voie conduit au malheur et à la mort. L'homme, cependant, est libre d'emprunter le chemin qu'il désire. S'il ne veut pas continuer à vivre dans ce cadre agréable, nul ne l'en empêche. S'il préfère la mort, c'est son choix. Pour ma part, j'ai choisi la voie de la sagesse. Je continuerai à être obéissant à Dieu et à reconnaître sa suprématie.

John-Quentin atteignait à présent le point fort de son argumentation. Cassandra était prête pour l'impact final. Regardant autour de lui, il remarqua non loin de là un arbre qui se distinguait des autres par sa forme particulière. Il poursuivit :

- Tu vois cet arbre, là-bas ?

- Oui, je le vois.

- Lorsque Dieu m'a créé, il m'a dit : « De tous les arbres du jardin tu pourras manger à satiété, mais en ce qui concerne l'arbre de la connaissance du bien et du mal, le jour où tu en mangeras, tu mourras à coup sûr. ». Cassandra, ma chérie, ne mange jamais de cet arbre ! Ainsi, nous continuerons éternellement à vivre heureux ensemble.

La pièce de théâtre se déroulait comme prévu. L'intrigue se mettait progressivement en place. En instaurant ce respect envers un être suprême, qui n'était autre que lui-même, Quentin-John préservait sa position dans cet univers. Il avait des idées très précises sur la manière dont ce monde devait fonctionner et il ne laisserait personne contrecarrer ses plans.

John pensait avoir la situation bien en main. Les jours se succédaient, chacun apportant son lot de bonheur, et John était pleinement satisfait de sa femme. Il était heureux de l'avoir créée ainsi et il avait une entière confiance en elle. Comment pourrait-elle le trahir, elle qui était si parfaite ?

Un jour, cependant, la machine jusqu'ici si bien huilée s'enraya. John vit Cassandra venir au loin, tenant un fruit à la main. Elle mangeait tout en marchant. Il considéra à première vue cette scène comme normale, vu qu'ils avaient l'habitude de se nourrir régulièrement des fruits que les arbres produisaient en abondance. Ils n'avaient qu'à se donner la peine de les cueillir pour les consommer.

Il eut cependant le sentiment indicible que quelque chose n'allait pas. Une impression étrange semblait lui indiquer qu'un événement important et déstabilisateur de l'ordre établi était en train de se dérouler. Il ne se trompait pas. Sa sensibilité d'artiste l'avait amené à cultiver cette qualité que l'on appelle intuition et qui trompe rarement ceux qui la possèdent.

Cassandra s'approchant de lui, il distingua plus clairement la forme du fruit qu'elle mangeait. Il s'agissait de celui que produisait l'arbre-symbole qu'il avait utilisé pour asseoir son autorité. Il en resta stupéfait. Comment sa propre créature pouvait-elle se rebeller contre lui ?! Comment pouvait-elle à ce point lui manquer de gratitude après tout ce qu'il avait fait pour elle ?! Il regretta un instant de l'avoir créée ainsi. Peut-être aurait-il dû la créer infaillible, comme un automate programmé pour faire ce qu'on lui demande, incapable d'agir de sa propre initiative. Ainsi, elle n'aurait jamais commis cette infidélité à son égard. Oui, mais s'il avait créé un robot, elle ne l'aurait jamais aimé réellement. Elle aurait toujours agi froidement, de façon mécanique. Ce n'était pas ce que John désirait. D'autant plus que Cassandra aurait pu lui reprocher de l'avoir créée ainsi. Il avait donc agi sagement en la concevant de cette manière.

- Pourquoi as-tu enfreint les ordres de Dieu et les miens, par la même occasion, en mangeant de ce fruit défendu ? l'apostropha-t-il. Manques-tu de quelque chose ? N'as-tu pas tout ce dont tu as besoin pour être heureuse ?

- Non, absolument pas ! répondit-elle.

- Alors, qu'est-ce qui te manque ?

- La liberté !

- Mais tu es libre ici ! Tu peux faire ce que tu veux ! Tout ce qui t'est imposé, c'est de respecter ton créateur et d'obéir à ses commandements, qui ne sont d'ailleurs pas oppressants.

- C'est là que réside le problème, poursuivit Cassandra. Je veux la liberté totale. Je veux décider par moi-même ce qui est bien et ce qui est mal.

- Mais ces prérogatives appartiennent à Dieu ! s'exclama John.

- Eh bien alors, je serai mon propre Dieu !

- Tu ne sais pas ce que tu fais, Cassandra ! Cette graine de rébellion qui a germé dans ton cœur va entraîner la destruction de cet univers. C'est la fin de ces conditions paradisiaques. Tu as tout anéanti !

John se rappela l'état pitoyable dans lequel était le monde d'où il venait. Les hommes se massacraient dans des guerres sans fin au milieu de l'espoir d'une paix illusoire qui demeurait inaccessible. La criminalité empoisonnait la vie de millions de personnes qui n'osaient plus sortir une fois la nuit tombée. Des millions d'autres souffraient des affres de la faim ou enduraient de terribles maladies dont certaines n'avaient pas de remède connu. Tout cela à cause d'un acte de rébellion commis dans la nuit des temps ! L'homme avait choisi la voie de l'indépendance et en avait récolté les fruits amers.

Cassandra, certes, ignorait cela, et elle avait certainement cru bien faire en agissant ainsi, mais était-elle excusable pour autant ?

- Qu'est-ce qui t'a poussée à raisonner ainsi ? demanda John.

- En me promenant cet après-midi près de l'arbre dont tu m'avais parlé, j'y ai aperçu une forme : celle d'un visage rayonnant, d'une blancheur éclatante. Il m'a appelé et a attiré mon attention sur l'arbre et sur son fruit. C'est vrai que jusqu'à présent, je ne m'y étais jamais attardée. Mais là, je me suis rendu compte que cet arbre était magnifique et que son fruit avait l'air succulent. Je lui ai dit qu'il était interdit d'en manger, que si j'en mangeais, je mourrais. Il m'a demandé qui m'avait donné un ordre pareil. Je lui ai répondu que c'était Dieu lui-même. Il m'a affirmé que c'était faux, qu'en mangeant de ce fruit, je ne mourrais pas, mais qu'au contraire, je serais comme Dieu, connaissant le bien et le mal. Il m'a dit que Dieu nous privait de quelque chose, qu'il nous tenait dans l'ignorance parce qu'il craignait pour sa position.

- Et tu l'as cru ? N'as-tu pas réfléchi un seul instant au fait que si Dieu a créé ce monde, il peut également le détruire en un seul instant ? Qu'a-t-il à craindre d'êtres misérables comme nous ?

- Tu réagis ainsi parce que tu n'as pas vu son visage, dit Cassandra. Il est si plein de charme !

Se tournant vers l'arbre interdit, qu'on apercevait à l'horizon, elle poursuivit :

- Regarde ! On peut encore le voir en ce moment.

John regarda et vit clairement un visage dont l'apparence semblait être celle d'un ange. Sa gloire rayonnante se ternit. La vision devint pâle, terne, et s'assombrit progressivement. L'expression du visage changea totalement. La bouche s'agrandit dans un sourire malveillant, et un rire démoniaque troubla le calme serein de ce jardin, résonnant aux oreilles de John.

Encore une fois, cet ennemi ! Tout semblait pourtant aller à merveille jusqu'à présent. Il avait justement choisi cet épisode de la genèse comme thème de son univers, parce qu'il pensait savoir comment éviter la même fin catastrophique. Il n'y avait implanté que deux personnages : Cassandra et lui. Il n'avait peuplé cet univers d'aucune créature angélique susceptible de se rebeller et tenter sa femme pour la pousser à commettre l'irréparable. Et voilà que ce personnage mystérieux, ténébreux, avait à nouveau fait son apparition. D'où venait-il ? Comment s'y prenait-il pour pénétrer dans ses univers et tout saboter ?

Incapable d'apporter une réponse à ces questions, John était obligé d'admettre qu'il venait à nouveau de connaître un échec.

Le rire sadique continuait à résonner et à s'amplifier. La terre trembla et le sol commença à se fissurer. Cassandra tomba dans une faille et sombra dans les entrailles de la terre. John entendit son cri se perdre dans les profondeurs. Il était partagé entre la profonde tristesse de la voir disparaître de façon si brutale et le soulagement de ne pas avoir à lui infliger lui-même le châtiment qu'elle méritait. Si le choix lui avait été laissé, il aurait peut-être agi comme Adam. Il aurait effectué le mauvais choix. Il fallait qu'il se rende à l'évidence. Cassandra avait été créée parfaite, mais elle avait mal tourné. Bien qu'il l'aimât profondément et que sa disparition lui causât le plus grand chagrin, il était plus raisonnable qu'il l'oublie et songe à une autre expérience plus enrichissante.

La terre s'arrêta de trembler un instant. John profita de ce répit pour s'enfuir loin dans la direction opposée au lieu, théâtre de ces événements mortels. Il courut un certain temps, traversant des terres inexplorées, jusqu'à ce qu'il arrive … au bout du monde. Il n'en croyait pas ses yeux. Il avait créé une terre plate, suivant la pensée en vogue au Moyen-Âge. L'univers s'arrêtait là. Au-delà, c'était le néant.

Se retournant, il aperçut adossé contre un arbre un homme qui le regardait.

- Les revers de la vie sont souvent imprévisibles, dit l'homme.

- C'est vrai, répondit John. Je pensais que cette fois-ci ça marcherait. Je ne m'attendais pas du tout à une fin aussi catastrophique.

- Penses-tu être supérieur à Dieu ? Tu as fait preuve d'orgueil en pensant faire mieux que lui. Tu n'es qu'un humain mortel, bien faible, même si tu as quelques capacités que tes autres confrères n'ont pas.

- J'en suis conscient. Je vais essayer de ne plus refaire les mêmes erreurs.

- Tu as fait de grands progrès, néanmoins, ajouta l'homme. Cet univers, bien qu'imparfait, a survécu longtemps. Continue à créer, n'abandonne pas ! Mais ne puise plus dans les créations des autres ! Crée une œuvre originale, personnelle ! Tu peux emprunter des concepts existants, mais arrange-les à ta manière, de façon personnelle !

La terre se mit à nouveau à trembler. La puissance du séisme était phénoménale. John était cloué au sol, incapable du moindre mouvement. Il vibrait de tout son corps. Des fissures apparurent, de plus en plus nombreuses. Le sol se déroba sous John, et il sentit une large faille s'ouvrir sous lui. Il essaya vainement de s'agripper aux parois, mais ce fut peine perdue. Il tomba dans le précipice. Il s'attendait à connaître la même fin que Cassandra.

Dans cette attitude résignée, il sentit soudain un ralentissement très net dans sa chute. Il avait l'impression d'être à l'arrêt. Ouvrant les yeux, John constata avec soulagement qu'il était à nouveau dans son atelier musical, seul avec ses doutes.

Vince posa son casque à émissions encéphaliques et se prit la tête dans les mains. Il avait sous-estimé les forces de l'adversaire, réalisant qu'il ne pourrait pas réussir seul. Il se plongea dans une profonde réflexion, envisageant toutes les solutions possibles et passant en revue toutes les personnalités influentes qu'il connaissait et qui pourraient l'assister dans sa lutte. À présent, il ne s'agissait plus uniquement du sort d'un seul individu, mais de l'avenir même de la guilde qui était en jeu.

Vince se demandait si le temps n'était pas venu de saisir le conseil suprême des Guildes. La situation était critique.

CHAPITRE 19

En réfléchissant à la façon dont les événements s'étaient déroulés dans l'univers précédent, John en tira des enseignements utiles. La création artistique semblait suivre une courbe exponentielle. Des simples improvisations du musicien, qui se permettait quelques variations autour de l'œuvre originale en apportant une touche personnelle à la production d'un autre, il était parvenu au rang de compositeur.

Il lui fallait à présent développer des talents de romancier également. L'œuvre musicale ne serait qu'une transcription acoustique du manuscrit. John comprit que tous les arts étaient fondamentalement équivalents. Seul le moyen d'expression, le langage employé, différait.

Il prit son violon, fit le vide dans son esprit et augmenta sa réceptivité aux images surgissant de son inconscient, comme d'un puits débordant. Il observa ce défilé anarchique de clichés disparates, repoussa les visions parasites. Puis, il commença à transcrire les images en mots, faisant des descriptions très détaillées de ce qu'il contemplait. Les entités linguistiques furent à leur tour codées en signaux nerveux, qui furent canalisés vers ses mains afin d'opérer l'alchimie des mots en sons.

La pièce changea. La vision se superposa à la réalité. John se trouvait à la croisée de deux mondes, au point d'intersection du réel et de l'imaginaire. La porte était ouverte, et il ne lui restait plus qu'à la franchir pour voyager au pays des rêves.

Il fut happé à travers l'espace-temps. Il flottait dans l'infini, affranchi des contraintes de la gravité. Il jouissait d'une liberté totale sans limites, devenant le maître de l'univers, le Créateur, façonnant la matière selon son bon vouloir. Tout était noir, une absence de couleurs, un tableau vierge sur lequel la craie de sa pensée allait évoluer librement pour concrétiser ses pensées les plus secrètes.

Un défilement rapide commença à s'opérer, une succession de blanc et de noir se mêlant en un gris indistinct. L'univers tout entier vibrait, animé par une énergie considérable. John s'efforçait de maîtriser le flot anarchique pour lui conférer stabilité et cohérence.

Puis, un ralentissement survint. Des formules mathématiques s'inscrivaient sur le tableau noir, enfermant l'univers naissant dans un système de lois qui garantirait sa survie. Concentré sur le tableau rempli, John fut aspiré dans un tourbillon. Le principe d'osmose s'appliquait-il également à la pensée, le créateur étant happé par la création pour ne faire plus qu'un avec la production de son esprit ?

Un tunnel semblable à ceux des voyages précédents l'entourait. John atterrit enfin sur une surface lisse et froide, semblable à du marbre noir, poli comme une œuvre d'art, un pavé de cinq mètres sur cinq.

Des deux côtés et devant lui, des pavés blancs, puis des pavés noirs, en alternance, cette succession chromatique binaire atteignant rapidement ses limites. Un écho se fit dans sa mémoire, faisant appel à des souvenirs profondément enfouis. Son esprit mathématique et logique s'efforçait de trouver un sens à tout cela.

L'ÉCHIQUIER

Il venait de concevoir un plateau destiné à un jeu grandeur nature. Il avait souvent imaginé une telle scène où des personnages s'affrontaient au travers d'un jeu d'échecs réel, où les pièces vivaient réellement et étaient tuées pour de bon. Il venait de donner vie à cette idée par le biais de la musique, au sein d'un de ces univers musico-mentaux. Quel genre de bataille devait s'y dérouler ? Quelles étaient les factions rivales qui allaient s'affronter dans un combat décisif ? Quel rôle lui-même y jouait-il ?

Il examina son costume. Tellement marqué par l'étrangeté de ce paysage dans lequel il évoluait, il avait totalement omis d'y prêter attention jusqu'à présent. Il découvrit avec surprise qu'il était vêtu d'un ensemble d'une blancheur éclatante, le genre de vêtement que l'on présente dans les publicités pour des marques de lessive. On ne pouvait trouver de blancheur plus éclatante. Les rayons du soleil s'y reflétaient avec aisance. Aucune parcelle de lumière ne se perdait dans une quelconque trace d'ombre. Tout n'était qu'une débauche de lumière !

Il ressentit un poids sur sa tête. Il était coiffé d'une couronne pesante, en or massif. Elle était finement ciselée, une œuvre de maître, incrustée de diamants, d'émeraudes, de saphirs et d'une foule d'autres pierres précieuses, le fruit du travail d'un artiste qui composait les bijoux avec l'alphabet des métaux précieux, tout comme lui composait des univers avec l'alphabet musical. Cette couronne chantait la gloire du souverain, reflétant ses qualités intérieures et sa riche personnalité.

Il était le roi blanc, sa position sur le plateau de jeu en était la preuve, posté sur une case noire, comme au début de la partie.

À sa gauche, elle apparut dans un éclair de lumière. Les cheveux blonds ondulaient sur son corps de déesse. Son diadème en or incrusté de pierres précieuses, écho de sa propre couronne, accentuait la luminescence de son visage angélique. L'éclat de sa longue robe blanche lui conférait une gloire éclatante, celle d'un être d'une pureté totale, sans la moindre tache. Elle avait la prestance d'un haut personnage, maîtrisant chaque geste et expression de visage, soucieuse d'incarner la majesté pour ceux qui la contemplaient. L'expression de son visage soulignait la gravité de la situation : le peuple était prêt pour la guerre.

Les fous, qui en temps ordinaire se consacraient à leur rôle de bouffon pour divertir le seigneur et sa dame, étaient postés à leurs côtés, arborant un air grave. Leurs clochettes pendaient tristement de part et d'autre de leur tête, l'air morose. Leur visage était empreint de mélancolie, la guerre s'annonçant décisive.

Les cavaliers avaient sellé leurs montures, prêts à réagir au signal déclencheur des hostilités. Une réponse rapide de leur part était indispensable pour garantir le succès militaire.

Les tours étaient équipées pour résister à un siège prolongé, leurs stocks d'armes bien approvisionnés. Des archers parcouraient les remparts, scrutant attentivement l'horizon à la recherche de tout signe révélant une activité ennemie.

Les pions, simples soldats, étaient alignés en rang, disciplinés. Ils buvaient pour oublier, attendant anxieusement l'ordre tant redouté.

En face, dans le camp ennemi, la disposition était symétrique, comme s'ils se regardaient à travers un miroir qui inversait les couleurs.

Le jeu de guerre ne laissait pas de place au hasard. Tout était régi par la toute-puissance de la logique militaire. Le résultat final dépendrait de la stratégie et de l'intelligence de chaque camp.

Pour la première fois, John était à égalité avec son ennemi. Il ne serait plus pris par surprise. De plus, il disposait d'un avantage non négligeable : c'était à lui de débuter la partie. Il avait le temps de se préparer psychologiquement, de définir soigneusement sa stratégie et son plan d'attaque avant de se lancer corps et âme dans une bataille aux conséquences si cruciales.

Pour la première fois, il se sentait le maître des événements.

CHAPITRE 20

DIGRESSION : VIE D'UN SOLDAT

Tenant une tasse de café fumant entre ses mains, Nermal observait la montée de la vapeur, un jeu captivant de lois thermiques. La vapeur s'échappait en volutes d'un récipient aux dimensions modestes, se déployant dans l'air sous la forme d'une myriade de figures fantasmagoriques. Nermal s'adonnait à une sorte de test de taches d'encre tridimensionnelles. Son imagination, puisant dans le puits insondable de ses souvenirs épars, conférait à ces créations éphémères et aériennes une signification profonde en lien avec le flot de ses émotions indomptées.

Son esprit vagabondait à travers les méandres de sa mémoire, telle une âme en quête d'aventure, récoltant au passage ces moments de joie fugace qui formaient la trame de son enfance. Ils étaient comme des fleurs variées, assemblées pour composer un bouquet multicolore, une image vivante de son passé.

Une clairière au cœur d'une forêt. Laquelle précisément, il ne pouvait le dire. Pourquoi cette clairière au sein de cette forêt dense ? Était-ce une formation naturelle ou le résultat de l'intervention cupide d'un bûcheron dévastant la forêt pour son profit matériel ? Peu importe ! Le mouvement de la vapeur s'échappant du café brûlant lui rappelait cette clairière presque magique de son enfance, où une source alimentait un bassin naturel, comme s'il avait été conçu spécialement pour les voyageurs assoiffés. Ou peut-être était-ce simplement une projection de son esprit, un symbole du renouveau de l'âme fatiguée qui ne nourrit plus d'attentes excessives envers la vie ?

La vapeur se transforma en l'image de Mirwen, une ravissante adolescente de treize ans qu'il avait aimée à cette époque. Il se souvenait de ses magnifiques cheveux noirs, qui descendaient jusqu'à sa taille. Il avait toujours été fasciné par l'aura de puissance et de charme envoûtant que dégageait cette couleur... semblable à celle du café. Tout comme il était captivé quand il la contemplait, il l'était également en plongeant son regard dans la tasse de café qu'il tenait maintenant à la main, ce petit récipient liquide qui ouvrait la porte sur un abîme sans fond d'imaginaire.

Mirwen ! Son adorable petit sourire illuminait son visage féérique. Cette image d'elle était figée à jamais dans son esprit, comme une photographie vivante qui continuait à irradier de l'intérieur toute la puissance de l'amour qu'il éprouvait pour elle.

Nermal l'avait aimée passionnément, autant qu'un jeune garçon de quinze ans puisse aimer. Mirwen répondait à cet amour de manière tout aussi fervente. Aucun besoin de mots pour exprimer leurs sentiments. Leurs regards fusionnés étaient le canal de communication le plus efficace. Il suffisait qu'il ressente une émotion intense pour savoir que Mirwen la ressentait également.

Dans leur naïveté juvénile, ils s'étaient promis fidélité. Une fois devenus adultes, ils se marieraient, vivraient heureux et auraient de nombreux enfants. C'était la fin classique des contes de fées. Leur amour ne connaîtrait jamais de fin.

Dans cette forêt lointaine et intemporelle, près de cette clairière presque mystique, un arbre portait la marque de leur passion, gravée profondément en lui, témoin vivant de leur serment.

Mais où était-elle maintenant ? Qu'était devenu cet amour prétendument éternel ? L'arbre, ce témoin végétal, était-il encore présent pour relater de manière silencieuse ce qui s'était passé sous son ombre ? Qui s'intéresserait encore à l'inscription qu'il portait, si tant est qu'elle fût encore visible ?

Aux dernières nouvelles, qui remontaient à quelques années déjà, Mirwen avait cédé à l'attrait de l'argent et de la vie facile. Elle avait donné sa main à un banquier, un fils à papa qui avait hérité de l'affaire de son père. Ah ! Le pouvoir de l'argent ! Était-elle heureuse au moins ? Nermal le souhaitait, mais il en doutait fort. Son expérience de la vie était limitée, mais suffisante pour lui avoir permis de comprendre que l'argent tue les sentiments. C'est pour cela qu'il n'a jamais cherché à devenir riche. Il ne voulait pas que les possessions matérielles le rendent aussi froid, égoïste et hypocrite que tous ces gens nantis qu'il avait eu l'occasion de rencontrer.

Il était sans le sou, flirtant avec les limites de la pauvreté. Il vivait au crochet de ses parents, qui n'étaient pas bien riches non plus. Ils lui fournissaient la nourriture, le logement et le vêtement, sans grand-chose de plus, leurs faibles moyens les en empêchant. Nermal s'en contentait.

Il passait ses journées à flâner dans les champs, les forêts, se nourrissant du chant mélodieux des oiseaux et respirant à pleins poumons l'air pur de la nature indemne de toute pollution. Toutes ces choses étaient entièrement gratuites et étaient à ses yeux bien plus précieuses que toutes les richesses futiles après lesquelles les gens couraient, pensant ainsi atteindre un bonheur qui s'acharnait à les fuir. Bonheur illusoire ! Nermal, lui, était heureux.

Mais, comme le dit le proverbe, même les bonnes choses ont une fin. Un jour, ses parents sont morts, et il s'est retrouvé livré à lui-même. Ils n'avaient aucun bien à lui céder. La maison ne leur appartenait pas, ils en étaient locataires. Nermal, bien sûr, n'avait pas les moyens de la racheter. Le propriétaire n'étant pas du genre à faire preuve de compassion, Nermal s'est donc retrouvé à la rue.

Sans travail, sans métier même, ne sachant pas faire grand-chose de ses mains, que pouvait-il espérer ? Il avait toujours vécu de manière insouciante, se promenant les mains dans les poches.

Elles n'avaient jamais été mises à l'œuvre dans un emploi demandant de l'habileté manuelle. À présent, elles devaient être trop peu habituées à l'effort pour qu'il puisse les utiliser efficacement.

Comment pourrait-il donc assurer sa survie dans ce monde impitoyable où tout est régi par la loi du plus fort, une sorte de jungle à l'échelle humaine où compétences et finances semblent être les mots d'ordre ? En matière de finances, il était déficitaire. Quant à ses compétences, il ne semblait avoir que la connaissance de la nature. Qui aurait besoin de cela dans ce monde où le béton progressait en remplacement du végétal ?

Nermal comprit alors ce que signifiait le terme « sans-abri ». Jusqu'à présent, il n'avait jamais pris pleinement conscience de l'ampleur de ce problème.

Il en avait bien entendu parlé à la télévision, occasionnellement, mais il répugnait à regarder le journal télévisé. Trop de mauvaises nouvelles à son goût ! Comment pouvait-on regarder, jour après jour, une émission aussi déprimante !

Il préférait rester dans son cocon, se convainquant que tout allait bien. Tout allait pour le mieux dans le meilleur des mondes. Les problèmes n'étaient pas si graves qu'on le laissait entendre. L'homme était intelligent. Il avait découvert beaucoup de choses. Il avait progressé de façon phénoménale dans les domaines scientifiques et techniques. Il ne tarderait pas à résoudre tous les petits problèmes qu'il restait encore à éliminer.

Et voilà qu'un jour, brusquement, ce grand nourrisson de quarante ans était catapulté dans le monde des adultes, condamné à affronter lui-même les dures réalités de la vie.

Il n'était pas préparé à cet événement. Si encore il avait pu prévoir cela à l'avance, il aurait pris des dispositions, il aurait … Mais, à quoi bon se tourmenter avec des "si" ! Il ne pouvait plus rien changer au passé. Il avait vécu une vie d'insouciance et en récoltait maintenant les fruits amers.

Il se rappelait la première nuit qu'il avait passée dehors. Il avait observé la lune, comme à l'accoutumée, mais il ressentait le froid pénétrant de la nuit. Il n'avait plus d'endroit pour s'abriter une fois les premiers frissons ressentis.

Il n'avait nulle famille qui aurait pu l'accueillir, ni aucun ami d'ailleurs. Ses seuls amis étaient les animaux, mais leurs terriers étaient bien trop petits pour pouvoir le recevoir.

Il avait passé toute son existence replié sur lui-même, avec ses seuls parents comme compagnie, à l'exception de Mirwen, qui habitait non loin de lui et avec laquelle il avait passé beaucoup de temps à explorer la forêt quand il était jeune. Puis, leurs chemins s'étaient séparés. Elle avait évolué vers la vie citadine, tandis qu'il s'était enfoncé de plus en plus profondément dans son isolement.

Il aurait voulu frapper à toutes les portes du village pour demander qu'on l'héberge pour la nuit, mais sa fierté le retenait. Il avait beau passer pour un ermite et être l'objet de risée de tous les habitants du village, il n'en restait pas moins un homme, avec la fierté inhérente à chaque individu normalement constitué. Il préféra quitter le village pour se rendre dans la ville voisine.

Il savait que Mirwen habitait dans les environs, mais il ne savait pas exactement où. Depuis qu'il avait appris sa relation avec ce fils de banquier, il s'était replié sur lui-même. Il n'avait pas cherché à la revoir. Il préférait vivre avec sa mémoire, conservant une image d'elle conforme à ses souvenirs d'enfance. La voir aux bras de ce parvenu aurait brisé le dernier vestige d'humanité qui lui restait, le dernier espoir qui le maintenait en vie.

Car il espérait toujours inconsciemment qu'elle revienne et rallume cette flamme ardente tenue à l'état de braise, quoiqu'il n'y crût pas trop.

D'ailleurs, aurait-elle accepté de l'héberger ? Sa vue n'aurait-elle pas été pesante ? Son mari l'aurait-il accueilli avec bonté, ou sa jalousie n'aurait-elle pas été attisée ? Non, il valait mieux abandonner cette idée.

Il erra sans but dans les rues de la ville, rencontrant d'autres gens qui étaient dans la même situation que lui, des rebuts de la société, des parasites qu'un brin d'humanité empêchait d'écraser. Il se rendit rapidement compte qu'il n'avait pas grand-chose à tirer de ces compagnies. Le pessimisme avait inexorablement gagné leur psychisme, et toute envie de lutter pour améliorer la situation les avait quittés.

Marchant au hasard, guidé par son instinct qui l'avait souvent aidé dans sa vie passée, il cherchait désespérément le moyen de s'en sortir.

C'est dans un de ces moments de désespoir profond où tout semble perdu, où l'on pense avoir épuisé toutes les solutions raisonnablement envisageables, que sa vie bascula. Pure coïncidence ou hasard dirigé, éprouvant l'homme jusque dans ses dernières limites pour tester la force de sa foi dans la vie ? Nermal s'était assis sur les marches de la fontaine de la place centrale de la ville, lorsqu'il vit passer un détachement de soldats. Il se rappela les faibles connaissances d'histoire qu'on lui avait inculquées concernant cette époque barbare du vingtième siècle.

On lui avait dit qu'à cette époque, trois guerres mondiales avaient ravagé la population, faisant des millions de morts, notamment grâce à l'utilisation d'armes terribles comme la bombe A, la bombe H et la bombe à neutrons. Il avait du mal à imaginer une telle barbarie. Comment pouvait-on ôter la vie à des millions de civils innocents qui n'avaient strictement aucun intérêt à tirer de ces guerres stupides ?

Après la troisième guerre mondiale, la plus cruelle et la plus dévastatrice, qui ne laissa que quelques millions de survivants, les gouvernements mis en place décidèrent de mettre un terme à ces pratiques barbares. Cependant, l'instinct guerrier de l'homme subsistait. Cet esprit de lutte, de compétition, se devait d'être assouvi d'une façon ou d'une autre.

Quelqu'un eut alors l'idée de créer un échiquier grandeur nature où les armées s'affronteraient sur un terrain de jeu limité, préservant ainsi la population civile.

Ce moyen d'affrontement fut jugé plus juste que les guerres traditionnelles. Les guerres des siècles précédents étaient stupides, accordant la victoire à la nation la mieux armée, la plus violente, la plus sanguinaire. Cela ouvrait la voie à la dictature et à la tyrannie, plongeant le peuple dans la crainte et l'oppression. Avec ce nouveau procédé de guerre sur l'échiquier, le vainqueur était celui qui était le plus intelligent, le mieux à même d'organiser ses troupes et de les diriger avec efficacité.

Le peuple était épargné, en tirant un bénéfice certain. Ses dirigeants étaient des hommes compétents. Nermal se souvint d'avoir, un jour étant enfant, demandé à son père pourquoi on ne jouait pas sur un plateau d'échecs normal, en deux dimensions. Cela éviterait la mort de soldats au cours de ces batailles.

Le jeu n'est pas la réalité, avait répondu son père. Quelqu'un qui excelle en théorie n'excelle pas forcément en pratique. Le combat sur l'échiquier grandeur nature permet de mesurer réellement les aptitudes du dirigeant.

Le soldat sur l'échiquier était grandement honoré. Il risquait sa vie pour le bonheur des autres. Ce poste étant risqué, les membres de l'armée recevaient de nombreuses compensations. Ils étaient payés bien plus que les autres corporations, ils avaient droit à des congés plus importants et ils recevaient un logement de fonction très confortable, pour ne citer que quelques-uns de leurs privilèges.

Jusqu'à présent, Nermal avait toujours évité de considérer la possibilité de s'engager dans l'armée de l'échiquier. Il tenait trop à la vie et n'avait pas l'esprit guerrier. Les privilèges matériels n'étaient pas un grand stimulant pour lui, qui trouvait son plaisir dans les choses simples de la vie.

Mais, au point où il en était arrivé, il n'avait plus grand-chose à perdre. C'était ça ou la mort assurée quand l'hiver rigoureux arriverait.

La dernière barrière mentale était tombée et il franchit le pas. Il s'avança d'un pas décidé vers celui qu'il prit pour le chef des soldats (il ne connaissait pas encore les différents grades de l'armée à l'époque) et lui demanda comment faire pour devenir soldat.

C'est ainsi qu'il se retrouva au front, pris dans l'engrenage d'une guerre qu'il jugeait stupide.

Il se prit un instant à regretter la décision qu'il avait prise. La vue des colonnes ennemies en face de lui, une armée d'une noirceur maléfique, lui causait un pincement au cœur. Un accès de pessimisme morbide le fit s'imaginer mourant au champ de bataille, transpercé par une flèche empoisonnée tirée du haut d'une tour, ou bien la tête tranchée par la lame experte d'un des cavaliers ennemis. Il avait déjà quarante ans, mais il se trouvait trop jeune pour mourir.

Il pensa un instant à déserter, mais le châtiment pour cette faute grave était l'exécution, et nul ne pouvait espérer se cacher longtemps aux yeux de la police d'État.

Tout se jouait dans son esprit. Il fallait qu'il trouve un puissant stimulant pour retrouver son courage et l'envie de se battre pour défendre les intérêts et le bonheur des citoyens de son royaume. Son extraordinaire faculté d'imagination vint à son secours. Quand on vit seul, retiré des autres, on prend vite l'habitude de s'évader dans le rêve pour constituer son propre univers intérieur.

Nermal se créa un décor adéquat pour rebâtir sa confiance en soi. Il s'imagina au centre d'un acte de bravoure. Il se dotait de qualités imaginaires, qu'il était loin de posséder en réalité, mais qu'il se représentait néanmoins très bien mentalement.

Le cavalier blanc était étendu à terre, frappé par une flèche de l'ennemi. Il gisait dans une flaque de sang qui s'écoulait de son flanc transpercé. Il se vidait petit à petit de son fluide vital et ne tarderait pas à s'enfoncer dans les affres de la mort si personne ne se précipitait à son secours.

Heureusement pour lui, Nermal était là, lui le héros des mondes imaginaires, téméraire soldat des univers oniriques, là où on ne mourait qu'en imagination.

Scène classique, directement inspirée de films de karaté, quatre soldats ennemis armés jusqu'aux dents foncèrent sur le capitaine mourant dans le dessein évident de l'achever. Mais, qu'est-ce quatre barbares sanguinaires face à un Nermal métamorphosé en super-héros !

Ils se gaussaient de l'officier, lui donnant des coups de pied dans les côtes pour ajouter à sa douleur et lui crachant au visage pour l'humilier.

Nermal sentit la rage monter en lui. Il brandit son épée bien haute et fonça sur eux en poussant un cri de guerre qui fit trembler la montagne et les forêts alentour.

La consternation s'abattit sur les quatre ennemis, qui restèrent un instant abasourdis devant ce retournement de situation inattendu. C'était l'instant propice pour l'action, l'occasion à ne pas laisser filer.

Nermal réagit au quart de tour et réussit aisément à prendre le dessus sur eux. Il les abattit l'un après l'autre, d'un geste précis, bien dirigé, ne leur laissant même pas le temps de dégainer leurs épées.

Suite à cet acte de bravoure exceptionnel, il fut naturellement acclamé comme un héros. Ses camarades organisèrent une fête en son honneur, et ses hauts faits furent relatés dans tout le royaume. Dans toutes les tavernes, les conversations tournaient autour de ce soldat d'une trempe exceptionnelle. Les exagérations allaient bon train.

Il reçut le grade de cavalier blanc, sautant toutes les étapes normales de promotion qui auraient dû lui prendre plusieurs années pour y arriver. Il arborait fièrement ses galons. Partout où il passait, on s'inclinait devant lui par respect.

Mirwen, comme tout le monde, ne tarda pas à entendre parler de ses exploits, son mari banquier lui semblant tout à coup insipide. Qu'avait-il accompli dans sa vie ? Rien ! Il s'était contenté d'hériter de l'affaire de son père. C'était un fils à papa, une mauviette.

Nermal, par contre, était parti de rien, du rang de simple soldat, et avait accédé en un temps record au rang de cavalier. Elle le voyait soudainement avec des yeux nouveaux.

Mirwen fit ses bagages et quitta son foyer en toute hâte, ne prenant même pas la peine de laisser un mot à son mari pour lui expliquer la situation.

Un soldat de faction vint annoncer à Nermal qu'une dame d'une grande beauté désirait le voir. Il eut ainsi l'agréable surprise de revoir enfin Mirwen, plus ravissante que jamais.

Ils étaient à quelques mètres l'un de l'autre. Elle laissa tomber sa valise avec un bruit sourd et irréel, comme si le temps s'était suspendu dans cette fraction de seconde. Leurs regards se croisèrent, et tout ce qui les avait séparés pendant ces longues années fondit dans cet échange visuel.

Leurs yeux se remplirent de reconnaissance, d'affection et d'une profonde tendresse. Un sourire sincère se dessina sur leurs visages, éclairant leurs traits d'un éclat radieux. Un sourire qui était le reflet de leurs retrouvailles, de l'espoir, et de toutes les émotions contenues pendant leur séparation.

Ils coururent l'un vers l'autre, comme si la distance qui les séparait était insupportablement longue à parcourir. Leurs bras s'ouvrirent en grand, prêts à accueillir chaleureusement l'autre dans une étreinte attendue depuis si longtemps. Nermal atteignait le paroxysme de l'extase à cet instant précis. Le bonheur l'envahissait, le submergeant d'une vague d'émotions intenses. Tous les moments de solitude, les jours de doute, et les nuits sans sommeil semblaient s'évaporer en un instant, effacés par la réalité de cette étreinte.

Rouvrant les yeux, la vue des colonnes ennemies en face de lui anéantit en un éclair ce rêve illusoire. Il était loin d'être un cavalier respecté. Il n'était qu'un simple soldat. Et même pas courageux ! C'était plutôt l'inverse. Il n'était qu'un personnage subalterne, un pion sur l'échiquier qu'on n'hésiterait pas à sacrifier pour favoriser l'issue de la bataille.

Il n'était cependant pas une quantité négligeable. Il représentait un danger pour l'adversaire. Bien qu'insignifiant, il pouvait s'emparer d'une pièce importante de l'adversaire et compromettre gravement le succès de ses opérations militaires.

Que devait penser le cavalier ennemi, une pièce de haut rang, quand il se voyait désarçonné par un simple soldat qui se trouvait sur son passage ? Ou alors, que devait penser la dame ennemie quand un homme insignifiant, sans aucune goutte de sang bleu dans ses veines, la transperçait de sa dague, mettant fin de façon soudaine à sa vie de luxe et d'insouciance.

Où était leur supériorité à cet instant crucial ? Le soldat n'était-il pas plus heureux, lui qui restait en vie ?

Sa mission était difficile et dangereuse. Il risquait sa vie à chaque instant. Mais s'il réussissait à se distinguer par quelque acte de bravoure sur le champ de bataille, il pouvait espérer recevoir une promotion. Il cesserait de servir le roi en tant que simple soldat pour commencer une nouvelle vie en tant que pièce d'un rang plus élevé, avec tous les privilèges que cela impliquait. Il pouvait devenir fou, cavalier ou chef de tour au service du roi. Cependant, il n'était pas le maître du jeu. Ce n'était pas à lui de décider de son sort. Il devait se soumettre aux décisions de son seigneur.

Contrairement au jeu d'échecs traditionnel, il avait une certaine marge de manœuvre, qui n'était pas négligeable. Il pouvait prendre certaines initiatives et, surtout, il pouvait défendre sa vie face aux attaques d'une pièce ennemie.

Une promotion en tant que pièce d'un rang supérieur lui permettrait de réaliser son rêve le plus cher : contribuer directement à la mise en échec et mat du roi noir. Quelle gloire ce serait pour lui ! Peut-être alors que Mirwen commencerait enfin à le voir sous un jour nouveau.

L'ordre arriva, froid et concis, mettant fin brusquement à toutes ses rêveries, puisées dans la tasse de café qui s'était refroidie avec le temps. Les instructions étaient claires : il devait avancer de deux unités vers le front ennemi.

Il se retrouva au centre du champ de bataille, dans une position stratégique, contrôlant tout le jeu. Nul ne pouvait passer sans son autorisation.

Un mouvement s'amorça au sein de l'armée adverse. Son homologue noir s'avança face à lui. Leur regard se croisa, une épreuve de force silencieuse s'engagea entre les deux adversaires. Ils se tenaient droit, inébranlables, déterminés à ne pas céder. Ils comprenaient que la victoire dépendrait en grande partie de leur résistance mentale, de leur capacité à maintenir leur concentration et leur détermination. Le combat se jouait autant dans leur esprit que sur le terrain.

CHAPITRE 21

DIGRESSION : CAVALIER

Cavalier : une pièce de rang supérieur qui avait réussi à atteindre cette position après avoir risqué sa vie dans des missions délicates. De simple fantassin, il était promu au rang de chevalier, admis à la table du roi. Aucun soldat ne pouvait l'arrêter dans son avancée. D'un bond, il pouvait enjamber tous les obstacles et occuper la place où son action serait la plus efficace.

Il se positionna également au centre de l'échiquier, apportant un soutien au courageux fantassin qui faisait face à l'ennemi, menaçant de sa lance le pion adverse qui se dressait présomptueusement devant lui.

Le camp adverse prit immédiatement les mesures qui s'imposaient pour rétablir l'équilibre. Le mouvement de balancier entre l'équilibre et le déséquilibre devait trouver un aboutissement afin de conférer un avantage marquant à l'un des deux camps en présence.

La vision était claire et dégagée ! L'horizon était désormais à portée de vue, aucun obstacle ne se dressant sur le chemin du fou. Il s'arma et se précipita à travers cette ouverture, cherchant le soutien du cavalier pour tenter de percer les défenses adverses.

La bataille était désormais bien engagée. Toutes les forces étaient mobilisées pour cette confrontation décisive. John, le roi blanc, devait absolument remporter la victoire s'il voulait que son expérience musico-créatrice soit couronnée de succès. Il se concentra sur le plateau de jeu, excluant de son champ de vision tout le reste de l'univers qu'il avait créé. Alors se produisit quelque chose d'extraordinaire : le plateau de jeu s'étendit pour envahir tout l'univers. Les limites avaient été repoussées à l'infini. L'univers entier devenait le plateau de jeu.

John fut saisi par l'anxiété. Il craignait d'avoir franchi les limites, d'être tombé dans un piège sournois en se laissant enfermer dans son propre univers. Avait-il atteint un point de non-retour ? Pour l'instant, les événements semblaient pencher en sa faveur, mais une crainte diffuse le hantait.

Mardigan, le cavalier blanc, s'était arrêté au sommet d'une colline surplombant la vallée. Protégé derrière un amas de roches qui lui offrait un camouflage satisfaisant, il observait en silence. En contrebas, une troupe ennemie longeait la rivière, clairement en route vers le sud dans le but évident de surprendre les forces blanches par l'arrière.

S'adressant à ses deux hommes de pied, il leur fit signe de le suivre, tout en leur rappelant, d'un doigt sur les lèvres, l'importance de maintenir le silence absolu pour ne pas donner l'alerte. Ils descendirent lentement, surveillant chacun de leurs pas avec précaution pour éviter tout risque de provoquer une chute de pierres qui aurait pu les trahir.

Lorsqu'ils atteignirent le bord du fleuve, la nuit était déjà bien installée. Les trois ennemis, légèrement assoupis, semblaient totalement inconscients du danger qui les guettait. D'un geste de la main, le cavalier blanc déclencha une action éclair. Avec l'aide de ses deux compagnons, ils éliminèrent rapidement les deux fantassins avant de capturer la personne importante qu'ils escortaient : le fou noir.

Le combat les avait laissés quelque peu épuisés, et le soleil était déjà bas à l'horizon. Ils décidèrent donc de prendre un peu de repos avant de continuer leurs opérations militaires. L'ennemi avait déjà dressé son camp, alors ils en profitèrent pour s'installer confortablement. C'était la cruelle ironie du destin qu'un homme puisse être privé des fruits de son dur labeur au profit d'un autre aux intérêts antagonistes ! C'était la dure loi de l'échiquier, et tous les participants à ce jeu ultime la respectaient.

Ce soir-là, de nombreux hauts faits furent racontés entre le cavalier blanc et ses deux fantassins, souvent agrémentés d'exagérations ! Les ennemis n'avaient pas simplement été tués, ils avaient été anéantis !

Cette victoire écrasante leur montait à la tête. Ils devenaient de plus en plus audacieux, surmontant leur peur. Plus rien ne leur semblait impossible. Après cette preuve éclatante de leur supériorité, ils étaient convaincus de la victoire.

Ils entrèrent ainsi dans un cycle qui allait les conduire à leur perte.

La tour noire se dressait au loin, un symbole de la présence ennemie. Mardigan connaissait bien son fonctionnement. Des archers patrouillaient sur son sommet à la recherche d'ennemis à transpercer. Ils se cachaient derrière les créneaux pour se protéger des attaques adverses. Lorsqu'un archer signalait la présence d'un ennemi, des mécanismes ingénieux étaient activés, faisant pivoter la tour dans sa direction, en vue de l'attaque.

Un cavalier seul ne pouvait pas faire face à la tour, mais avec le soutien de ses deux fantassins, il pouvait espérer la victoire.

Il rassembla ses hommes et se dirigea vers la tour noire. Il connaissait la portée des flèches et se fixa une limite à ne pas dépasser. Il parvint ainsi à un bosquet d'où il pourrait l'observer en toute sécurité. Il attendit toute la journée, organisant des patrouilles d'observation alternées avec ses deux fantassins. Rien ne se produisit. Aucun signe de vie ne provenait de la tour, pas même une ombre qui aurait pu trahir la présence d'un archer embusqué. Un calme absolu régnait.

Mardigan décida d'attendre encore une journée avant de décider de la suite à donner. Il pensait avoir été suffisamment discret dans son approche de la tour pour ne pas avoir été repéré.

La journée se déroula également sans incident notable. La tour semblait figée dans le temps et l'espace, un témoin silencieux et impuissant d'une gloire passée.

Mardigan décida d'attendre la nuit pour s'approcher de la tour, afin de passer le plus inaperçu possible. Il positionna l'un de ses hommes à une certaine distance sur la droite, légèrement en retrait, et l'autre fantassin sur la gauche à une distance similaire, également en léger retrait. Ainsi, en cas d'embuscade, ils augmenteraient leurs chances qu'au moins l'un d'entre eux s'en sorte.

À la tombée de la nuit, lorsque le dernier rayon de soleil s'éteignit, ils se mirent en marche. Ils avançaient lentement, faisant attention au moindre de leurs pas dans le but d'être aussi discrets que possible.

Mardigan avait tous les sens en alerte. Son ouïe semblait décuplée, tendue à la recherche du moindre bruit suspect qui aurait pu trahir une présence étrangère.

Toujours le même silence régnait sur cette plaine désertique aux airs de mort !

En approchant de la tour, il commença à discerner les détails. Une chose le frappa profondément, tellement elle était incroyable. La porte d'accès à la tour était ouverte. En temps de guerre, comme c'était le cas actuellement, cette porte aurait dû être fermée et solidement verrouillée par une barre transversale, rendant son forçage impossible.

Un groupe de quatre ou cinq soldats était chargé de surveiller cette porte. En temps de guerre, s'ils échouaient dans leur mission, la peine de mort les guettait.

Et voilà que Mardigan se trouvait confronté à cette réalité insolite : la porte était béante, grande ouverte. Autant dire que cette tour était condamnée.

Aveuglé par le désir de mettre un terme à cette tour noire, Mardigan fit accélérer le pas de son cheval et franchit la porte.

Mais alors qu'il venait d'entrer dans l'enceinte obscure, soudain l'atmosphère s'électrisa. Le silence qui régnait jusque-là s'interrompit brusquement pour laisser place à un vacarme assourdissant, une cohue de cris de guerre qui le frappèrent de plein fouet et le glacèrent jusqu'au sang. Des soldats surgirent de nulle part, tels des chauves-souris s'échappant d'une caverne où la lumière d'une torche humaine avait opéré une intrusion sacrilège. Ils se précipitèrent sur lui, le firent chuter de son cheval et le passèrent à tabac.

Ils semblaient mettre tant de hargne dans leur façon de le maltraiter, comme si ces longues heures d'immobilisation les avaient engourdis et qu'ils devaient se défouler de toute la force de leur corps pour retrouver la souplesse de leurs membres engourdis.

Lorsque les mauvais traitements qu'ils lui infligèrent ne semblèrent plus être une source de divertissement pour eux, ils le ligotèrent. Les liens étaient si serrés autour de ses poignets et de ses chevilles que Mardigan avait l'impression que des couteaux lui tranchaient la chair jusqu'au sang.

Les soldats le transportèrent comme si c'était un simple sac de pommes de terre et le jetèrent dans les sombres profondeurs de la tour noire.

Il avait entendu des récits de prisonniers qui avaient subi le même sort. Bien rares étaient ceux qui en étaient sortis pour raconter ce qu'ils avaient vécu.

Mardigan constatait maintenant que les histoires qu'on lui avait racontées n'étaient pas exagérées. Il éprouvait lui-même toute l'horreur de la situation. Il gisait, meurtri et ensanglanté, dans un cachot sombre aux murs humides, suintant d'une eau rance.

Il est difficile de décrire l'odeur insupportable qui y régnait. Aucun mot inventé par l'homme n'est suffisamment fort. Le terme "nauséabond" est bien trop faible pour cela.

Comment avait-il pu se laisser prendre à un piège aussi grossier de la part de l'ennemi ?

Il avait négligé toutes les règles élémentaires de prudence, se laissant dominer par son instinct et par son désir de mettre fin à l'empire ennemi.

La prudence élémentaire lui aurait dicté de demander des renforts avant d'attaquer la tour.

Qu'avait-il gagné par son action imprudente ?

Il était désormais confiné à l'inaction. Dans l'état déplorable où il se trouvait à présent, il était incapable de contribuer à la victoire. Cavalier sans monture, chevalier sans armes, guerrier sans combat à mener, il n'était plus que l'ombre de lui-même.

Il lui restait néanmoins un fragile et faible espoir que ses deux fantassins, restés à l'extérieur de la tour, aient réussi à s'enfuir et reviennent rapidement avec des renforts pour le délivrer.

Cependant, il ne se faisait pas trop d'illusions. Les archers étaient bien entraînés, et s'ils avaient surgi sur la tour aussi rapidement que les soldats qui s'étaient abattus sur lui, ils n'avaient pas laissé beaucoup de chances de fuite à ses deux hommes d'infanterie.

CHAPITRE 22

John, le roi blanc, observait la situation avec désarroi. Les forces s'effondraient de tous les côtés. L'un de ses cavaliers venait de tomber dans un piège sournois de l'ennemi. L'une de ses tours venait de s'effondrer, attaquée par la dame ennemie. Le chef de la tour avait capitulé. Conformément à la loi, il avait été décapité et tous ses hommes étaient désormais prisonniers.

Sa chère et tendre épouse, la belle Cassandra, pique-niquait paisiblement dans les champs. John l'avait conçue pacifique, paisible. Elle n'avait aucun intérêt pour les affaires liées à la guerre, ni aucune aptitude d'ailleurs pour diriger une armée.

C'est certainement l'une des raisons principales pour lesquelles John était en train de perdre la guerre. Il s'était mis dans une position de faiblesse par rapport à l'armée noire, qui disposait d'une dame belliqueuse, fine stratège ne reculant devant aucune atrocité, manigance et trahison pour parvenir à ses fins.

John était victime de son choix, mais même face à la défaite, il ne le regrettait pas. Il aimait Cassandra telle qu'il l'avait conçue.

Il lui avait attribué une escorte de soldats qui étaient trop faibles pour participer à des campagnes de grande envergure. De cette façon, il ne privait pas son armée des éléments de valeur qui auraient pu lui assurer la victoire.

Cependant, avec les récents échecs qu'il venait de subir, la situation semblait désespérée. Il observait avec une pointe d'anxiété le danger qui allait s'abattre sur sa chère épouse. Elle mangeait paisiblement en compagnie de ses gardes, riant et chantant dans l'ignorance totale du sort qui l'attendait.

La dame noire était en route avec une puissante armée, et elle les atteindrait d'ici quelques heures à peine. John cherchait désespérément un moyen de leur envoyer des renforts. Son armée avait été dispersée, toute l'organisation était rompue.

Selon les règles du jeu, il était presque certain de perdre. Ce n'était plus qu'une question de temps. Les règles ! Cruelles et intransigeantes règles ! Qui les avait établies ? N'était-ce pas lui, le créateur ? N'avait-il pas le droit et le pouvoir de modifier les règles ?

Mais était-ce juste ? Si le législateur enfreignait ses propres règles, cela n'amènerait-il pas ses créatures à contester son autorité et à enfreindre également les règles à l'avenir ?

Qui pourrait le lui reprocher ? Les pièces noires ? Elles n'avaient que faire des règles. Leur seule loi était celle de la trahison. Dès qu'elles pouvaient enfreindre les règles impunément, elles n'hésitaient pas à le faire.

Et les pièces blanches ? Pourraient-elles lui reprocher d'avoir modifié le cours des événements en leur faveur ? Le condamné à mort protesterait-il si, en dernier recours, un changement de loi lui sauvait la vie ? Certainement pas ! C'était son unique désir.

Sortons les pièces blanches de cet enfer dans lequel elles s'enfoncent inexorablement et montrons au roi noir qui est réellement le maître !

Cet univers n'était que le reflet des pensées de John, et tout changement important survenant dans son idéation devait immanquablement se concrétiser par une métamorphose des éléments ambiants.

John se concentra profondément. Sa pensée se précisa, acquit une énergie colossale et fusa à travers les airs en un éclair aveuglant.

Le plateau de jeu se fissura.

Le cavalier blanc, prisonnier d'un cachot sombre et humide, désespérait de revoir un jour la lumière du soleil. Il avait espéré un certain temps que ses deux fantassins aient réussi à rallier des renforts, mais cela faisait trop longtemps qu'il attendait. L'espoir l'avait quitté. Il priait ardemment pour que sa fin vienne le plus rapidement possible. Il avait perdu le goût de la vie. Il ne voulait plus vivre jour après jour ces souffrances, ce froid humide, ces humiliations, cette absence totale de plaisir. Dans ces moments difficiles, la vie lui paraissait une punition plus difficile à supporter que la mort. La mort aurait été une délivrance, la fin d'une vie inutile et misérable.

Il ressentit le tremblement qui s'amplifiait. Une fissure apparut dans un des murs de sa geôle. Un rayon de lumière y pénétra, une douce vision. Cela faisait si longtemps qu'il avait été privé du soleil. Il commençait à en oublier jusqu'au souvenir exact.

Le rayon, en le frappant, raviva en lui tous les espoirs, réduits à l'état de braises déclinantes. Cherchant à apporter une explication rationnelle à cet événement sans précédent, les tremblements reprirent de plus belle, achevant l'œuvre commencée. Les murs de la cellule se fissurèrent franchement et la lumière du soleil pénétra en abondance.

L'astre des jours venait de remporter la victoire sur les forces des ténèbres. Mardigan dut fermer les yeux quelques instants. Après avoir été tenu dans l'ombre si longtemps, ses yeux avaient du mal à supporter une telle débauche de lumière.

Les yeux clos, il ressentait la douce chaleur qui l'envahissait. Il avait retrouvé le goût de la vie. Un sourire éclatant illuminait son visage.

Il entrouvrit légèrement les paupières, laissant pénétrer un mince filet de lumière qui revigorait son esprit. Peu à peu, il fut à nouveau en mesure de supporter l'éclat du jour. Pourtant, il était toujours entravé, les mains et les pieds liés.

Il aperçut un éperon acéré du mur éboulé et entreprit de trancher ses liens. Enfin libre, il émergea à la lumière du jour.

Le spectacle qui s'offrit à ses yeux décupla la joie qu'il éprouvait. Les armées noires étaient plongées dans un chaos total. La tour noire était en grande partie détruite, des pans entiers de murs s'étaient effondrés. Le chemin de ronde au sommet était devenu impraticable et inaccessible. La tour noire était désormais indéfendable. Beaucoup de soldats gisaient sous les décombres. Certains étaient morts, d'autres avaient des membres broyés et appelaient désespérément à l'aide. Les survivants étaient trop peu nombreux pour porter secours, trop occupés à assurer leur propre survie.

Mardigan croisa le regard d'un de ces malheureux. Il s'agissait du chef de la tour, celui-là même qui avait ordonné son emprisonnement. Sans un mot, seulement par un regard profond, Mardigan lui fit comprendre toute l'ironie de la situation.

Le cavalier blanc était libre, mais personne ne prêtait attention à lui. Les règles martiales avaient été oubliées. Seule comptait désormais la survie personnelle.

Soudain, un changement notable se produisit dans l'air. L'atmosphère devint lourde et orageuse. La lumière éclatante céda la place à d'épaisses ténèbres. Le soleil fut masqué par des nuages noirs et menaçants qui n'auguraient rien de bon.

Mardigan observa le ciel et ressentit une présence malsaine. Les nuages s'agencèrent pour former une image, bientôt reconnaissable comme le visage tyrannique du roi noir. Il avait abandonné son apparence humaine, sa forme matérielle limitée, pour se répandre dans les airs. Son sourire malicieux emplit le ciel.

Mardigan comprit instinctivement toute la gravité de la situation. Jusque-là, cette guerre de l'échiquier avait été un jeu relativement inoffensif, même si certains y avaient perdu la vie occasionnellement. Cependant, le jeu avait pris une nouvelle dimension. Il était devenu une bataille sans merci qui engageait l'univers tout entier.

Mardigan aperçut sa monture non loin. Elle avait dû profiter de l'effondrement de la tour pour s'échapper. Il fut soulagé de constater qu'elle avait été bien traitée. L'armée noire avait probablement envisagé de l'utiliser dans ses manœuvres militaires. En temps de guerre, un cheval était un bien précieux. À présent, elle retrouvait son vrai maître et allait à nouveau servir le roi blanc.

Mardigan monta rapidement en selle et s'élança, déterminé à faire face au roi noir et à protéger le roi blanc contre ses attaques. Tel Pégase, le cheval ailé de la mythologie, il s'éleva dans les airs et se positionna devant le roi noir.

Le roi noir émit un rire puissant qui résonna dans toute la contrée comme un grondement de tonnerre.

D'une voix puissante qui inspirait la crainte, il déclama :

- Roi blanc, es-tu trop faible pour venir me combattre en personne ? As-tu besoin d'envoyer de si faibles créatures comme ce chevalier blanc âgé et misérable à l'abattoir ?

- Je suis venu de ma propre initiative, répondit le cavalier blanc. Ton règne de destruction a déjà assez duré. Jusqu'à présent, je suis resté en arrière-plan, me contentant de guider le roi blanc. Maintenant que mon roi s'affirme en tant que créateur, je suis également libéré des chaînes dans lesquelles ton influence m'avait enfermé.

- Alors prépare-toi à un combat sans merci !

À ces paroles, comme si les forces de la nature semblaient lui être soumises, l'atmosphère devint électrique. Les ions positifs s'accumulèrent, prêts à une débauche d'électricité statique dévastatrice. Les nuages accoururent, tels des soldats rassemblés en hâte au son du clairon. Les forces les plus sombres de la nature se regroupèrent pour un combat sans merci contre l'empire glorieux du soleil vivifiant. L'orage était sur le point d'éclater.

Le cavalier blanc semblait être une tache pâle sur ce fond obscur, une réminiscence blafarde d'une gloire passée, un faible scintillement d'une étoile mourante dans le firmament déserté par les astres qui l'avaient habité jadis.

Cependant, la lumière luttait pour percer le tapis obscur. À plusieurs endroits, de petits trous s'étaient formés, permettant à quelques rayons de lumière de passer, de faibles concentrations de résidus lumineux que les ténèbres avaient laissées sur leur passage.

Le cavalier blanc s'était placé en première ligne, désireux de racheter son imprudence dans son action contre la tour noire par un acte d'éclat qui redonnerait au monde sa gloire d'antan. Il se comportait comme un collecteur de lumière vers lequel toute cette énergie photonique si faible affluait. Sous l'effet de cette accumulation d'énergie, la pâleur de son teint s'atténua. Il commença à devenir de plus en plus étincelant. Il semblait se former face à l'épreuve, comme le diamant brille de ses multiples facettes au fur et à mesure que le lapidaire le façonne entre ses doigts experts.

De pâle point lumineux, Mardigan atteignait la clarté de l'étoile polaire. Il devenait le symbole vivant placé dans le firmament, signal de ralliement que tous ne tarderaient pas à suivre. Il sentait l'énergie s'accumuler en lui. Il avait l'impression d'être une batterie branchée sur le secteur. Cependant, il savait qu'il atteindrait immanquablement le point limite où la décharge se produirait. Il sentit cet instant approcher. Sa résistance atteignait ses dernières limites. Il ne fallait pas qu'il laisse cette énergie colossale s'évacuer au hasard. Cette perte colossale signifierait la victoire du chaos. Il se concentra intensément sur le roi noir, qui continuait à sourire narquoisement dans les cieux enténébrés. Un rayon de lumière concentrée fusa. Toute l'énergie accumulée y passa.

Le roi noir sentit le danger qui le menaçait, une sorte d'instinct animal habitant en lui, semblable à celui des animaux sauvages qui pressentent l'approche de l'orage. Un triangle se dessina dans le ciel, une figure géométrique émergeant du fond autrefois uniforme, prenant forme en trois dimensions. Le contraste s'intensifia, donnant au triangle une profondeur plus prononcée. Le roi noir venait de créer un prisme.

Cet objet tridimensionnel intercepta le rayon du cavalier blanc. Toute l'énergie accumulée se dissipa dans la diffraction qui en résulta, créant un arc-en-ciel dont les couleurs illuminèrent le paysage, une victoire éphémère des forces créatrices sur le néant. C'était comme un cliché instantané sur le fond monotone.

Cependant, ce résultat était bien faible en comparaison de l'anéantissement du roi noir qu'espérait Mardigan. Néanmoins, l'arc-en-ciel était un symbole, le calme après la tempête, la paix retrouvée pour l'univers après le déluge apocalyptique, le début d'un nouveau monde de paix où les êtres humains pourraient vivre heureux, libérés de la folie meurtrière de la guerre.

Le fou blanc gisait étendu sur une colline avec son escorte de pions. La vue des ténèbres s'abattant brusquement sur l'univers l'avait plongé dans une détresse profonde. Que pouvait-il faire, lui, simple fou, face à ces puissantes forces qui se livraient un combat sans pitié ? Si le roi blanc lui-même ne pouvait résister à l'ennemi, il n'y avait désormais plus aucun espoir.

Le fou blanc avait baissé les bras. Il avait déposé ses armes et ses hommes en avaient fait de même. Ils étaient tous assis là, en cercle, sans dire un mot. La foi en leur seigneur avait totalement disparu. Ils attendaient avec résignation l'heure de la fin qui semblait avoir sonné. Ils souhaitaient qu'elle fût la plus prompte possible, leur épargnant toute souffrance inutile.

La vision de la peinture-cliché, éphémère mais intense, de l'étendue revigorante du spectre lumineux réveilla en eux l'espoir endormi. La braise incandescente, qui ne s'était pas éteinte dans l'attente d'un souffle qui la ranimerait, recommença à brûler, dégageant sa chaleur et sa lumière au sein de la nuit noire. C'était une vision réconfortante et rassurante pour l'homme seul dans la jungle, face à des bêtes sauvages terrifiantes qui le menaçaient.

La métamorphose atteignit l'air ambiant. La froideur de la nuit s'estompa, disparut pour céder la place à des courants d'air chaud, qui ranimèrent les soldats refroidis.

Le vent de liberté soufflait de plus en plus intensément à travers la nuit, se rendant perceptible dans toutes les parties de cette région qui avait constitué le plateau de jeu de l'échiquier.

Tous les éléments endormis ou découragés de l'armée blanche se relevèrent, animés par un nouveau souffle d'énergie. Ce réveil se produisit de manière quelque peu chaotique, et une certaine confusion régnait dans les rangs. L'armée, en plein désarroi, avait du mal à se réorganiser, ne sachant plus trop où était son chef.

Cependant, le cavalier blanc demeurait visible pour tous, se détachant nettement sur le fond de grisaille du ciel survolté. Les membres de l'armée blanche convergèrent tous instinctivement vers lui et se rassemblèrent rapidement.

Le roi blanc lui-même se joignit à eux. La liesse s'empara du peuple à la vue de son roi en vie, le bras tendu, une épée scintillante à la main. L'armée blanche était galvanisée, et toute trace de lâcheté, de peur ou d'abandon avait déserté les cœurs. Les membres de l'armée blanche étaient désormais unis comme un seul homme, déterminés à renverser l'empire cruel et néfaste du roi noir."

CHAPITRE 23

L'armée blanche se rassembla derrière son roi et avança en préparation de la bataille. Le roi blanc déclara d'une voix puissante :

- Que cette calomnie trouve sa réponse, roi noir ! Je me tiens ici en personne, face à toi, et voici mon armée, unie sous mon commandement. Puissent les ténèbres être bannies de cette terre à jamais !

La situation était revenue à son point de départ. Les deux armées ennemies se faisaient face, prêtes pour une nouvelle partie qui s'annonçait décisive.

John, le roi blanc, avait subi un revers, mais il en était ressorti renforcé. Sa naïveté et ses erreurs de jeunesse avaient cédé la place à une plus grande maturité. Il avait également eu l'opportunité d'observer les tactiques de son ennemi et savait désormais comment il réagissait, réfléchissant à diverses parades pour contrer ses attaques sournoises.

Il avait réussi à remotiver ses hommes. En voyant son armée se réjouir lors de la reprise du combat, il avait trouvé une nouvelle détermination. Il avait développé les qualités d'un véritable leader.

Son cavalier blanc avait joué un rôle clé dans l'amélioration de la situation, mais il ne se cacherait plus derrière lui. Il avait été dirigé jusqu'ici, mais il prendrait désormais lui-même les commandes de son armée. Le cavalier blanc reprendrait sa place de subordonné au sein de l'armée blanche.

Avec les pièces à nouveau en place sur l'échiquier, John se préparait à entamer la partie cruciale. Une stratégie se forma dans son esprit. John convoqua son cavalier blanc et lui confia la charge de l'attaque de l'aile droite de l'armée adverse, tandis que son autre cavalier prendrait en charge l'aile gauche.

Les fous entreraient ensuite en scène pour jouer un rôle de soutien crucial dans l'attaque et le maintien des positions centrales, des points stratégiques sur le champ de bataille. Le terrain serait ensuite préparé pour l'action décisive de la dame blanche.

Cependant, une pensée parasite perturba cette machine bien huilée. Où était la dame blanche ? Un souvenir envahit l'esprit, une embuscade, un sentiment d'impuissance totale à empêcher les armées ennemies de l'atteindre. La dame blanche était toujours captive de l'armée noire.

Pourquoi n'avait-elle pas profité de la débâcle des armées ennemies pour s'enfuir ? Il se pouvait que la surveillance dont elle était l'objet fût trop étroite. Elle devait certainement être gardée à proximité du roi noir, sous la garde personnelle de ce dernier, qui n'avait sans doute pas été touchée par la déroute générale qui avait frappé le reste de l'armée.

- Qu'as-tu fait de la dame blanche ? cria le roi blanc au roi noir.

- Je la retiens prisonnière.

- Pourquoi ne l'as-tu pas libérée pour le début de cette nouvelle partie, comme les règles l'imposent ? demanda le roi blanc d'un ton sévère.

- Qui es-tu pour me parler de règles ? N'est-ce pas toi qui les as délibérément enfreintes pour faire tourner la partie à ton avantage ? Décision peu sage, en vérité, car en agissant ainsi tu m'as libéré de l'enveloppe qui me confinait dans le rôle subalterne et bien peu puissant de roi noir. À présent, libéré de toute entrave, mon pouvoir peut s'étendre à l'infini et je suis le maître incontesté de l'univers. Tant que j'existerai, je ne relâcherai pas la dame blanche, rétorqua le roi noir avec un sourire malfaisant.

Le roi blanc sentit la colère l'envahir, sa raison étant éclipsée par une rage brûlante. Oubliant toute prudence, il se précipita tête baissée dans la gueule du loup. Le roi noir l'avait piégé avec une ruse redoutable, et il avait mordu à l'hameçon.

Le cavalier blanc, témoin de la scène, comprit immédiatement la gravité de la situation et tenta un appel désespéré :

- Non, Seigneur, ne faites pas ça ! Revenez à la raison ! Nous vaincrons le roi noir !

Cependant, le roi blanc, aveuglé par la rage, était sourd à tout argument extérieur. Il n'entendait plus rien d'autre que sa propre voix intérieure, qui le poussait à se venger de cet être infâme qui osait contrecarrer ses désirs de créateur.

Le cavalier blanc entama une course folle pour essayer de s'interposer entre le roi blanc et le roi noir. S'il maintenait son allure, il pouvait y arriver de justesse. Comble de malchance, le cavalier noir déboucha des collines environnantes et lui barra le chemin. Mardigan fut frappé de stupeur en découvrant son visage :

- M. le Superviseur de la Guilde !

- Étonné, Concepteur Vince ?

- Je ne m'attendais pas à vous voir au service du roi noir !

- Croyez-moi, Vince, ou bien dois-je vous appeler Mardigan ? La Guilde de la Musique est confinée dans des règles trop limitatives. Elle tue le génie créatif. Trop de contraintes empêchent les Concepteurs de s'exprimer vraiment. L'intérêt personnel des créateurs est trop comprimé pour leur permettre de s'épanouir.

- Vous savez très bien que c'est pour le bien de tous. L'exemple des univers déviants de Proxima en est un exemple vivant. Ils ont été ravagés par une guerre sans précédent, comme l'univers n'en connaîtra jamais plus.

- Qu'importe le sort de ces misérables créatures ! Elles ne sont que le produit de l'imagination. Elles viennent de l'état de nonexistence pour y retourner à nouveau rapidement. Qu'importe leur vie éphémère ! Ce qui compte véritablement, c'est nous, les Concepteurs, les maîtres de l'univers ! Qu'est-ce que vos années de service au sein de la Guilde vous ont apportées, Vince ? Êtes-vous riche ? Vos désirs sont-ils comblés ? Tout ce que vous pouvez espérer, c'est connaître le même sort que John Anderson.

- Pourquoi vous intéressez-vous autant à lui ? demanda Vince, les sourcils froncés.

- Parce que son vrai nom est Malinor, révéla le cavalier noir.

- Le fondateur de la Guilde de la Musique ! s'exclama Vince, les yeux écarquillés.

- En effet, lui-même. Un jour, alors qu'il créait un univers, Melbak, le roi noir, s'est insinué dans sa création. Malinor n'était pas préparé à un tel conflit et il a perdu la bataille. Les conséquences de cette défaite ont provoqué une véritable dislocation psychologique chez lui.

- C'est pourquoi il a été exilé sur Terre, avec une identité factice pour le protéger, dans l'espoir qu'il puisse guérir et récupérer ses pouvoirs, conclut Vince, dont la compréhension de la situation s'éclaircissait.

Vince était abasourdi. Le Superviseur général de la Guilde de la Musique était un traître.

- Je le recherche depuis longtemps, Vince, et grâce à vous, je viens de le localiser, dit-il avec un sourire ironique. La fin de Malinor est imminente.

- Pas si vite, rétorqua Vince.

S'ensuivit alors un duel à mort entre Vince et le Superviseur. Le cavalier blanc livra un combat acharné, jonglant entre la lutte contre le cavalier noir et la compréhension de l'enjeu majeur qui se jouait en arrière-plan. Finalement, il parvint à vaincre le cavalier noir, mais... il était déjà trop tard. Au loin, il aperçut son roi s'effondrer. Un projectile de sarbacane, tiré par un homme au service de l'ennemi et embusqué, l'avait touché au cou, injectant un venin mortel dans le sang pur du souverain.

La bataille était perdue. Le roi blanc allait mourir dans les minutes qui suivraient. Ah ! Si seulement Schirlin avait pu être présent. Il lui aurait certainement administré un remède qui l'aurait remis d'aplomb. Mais, Schirlin était trop loin. Pour lui permettre d'arriver à temps, il aurait fallu arrêter le temps.

ARRÊTER LE TEMPS !

Une idée traversa alors son esprit. Il restait une solution, l'unique. Le cavalier blanc entama le chant de Melpée.

Dans l'obscurité où les ténèbres s'étendent,
Contre Melbak, notre force se répand.
Notes célestes, puissantes et profondes,
Bravons l'ange déchu, que la lumière inonde.

Melpée, déesse de la musique et de la vie,
Guide-nous dans ce combat, dans cette lutte infinie.
Avec ta mélodie, brisons les chaînes noires,
Laissons la créativité, la lumière, nous faire croire.

Au cœur des tempêtes, où les ombres se confondent,
Ton chant résonne, les âmes se répondent.
Notes d'espoir, d'amour et de rédemption,
Éclairent notre chemin vers la révolution.

Dans cette mélodie, trouve la force de lutter,
Pour que le bien triomphe, que la paix soit restaurée.
Que les mondes s'élèvent, libérés de l'oppression,
Grâce au Chant de Melpée, la musique de l'ascension.

Les notes frappèrent les ténèbres environnantes. Un coin de ce ciel nuageux s'ouvrit et se déroula en une spirale qui s'abaissa tel un escalier en colimaçon jusqu'au roi blanc qui gisait à terre, à l'agonie. Il fut happé dans cette colonne et disparut dans un sifflement.

Le roi noir, témoin impuissant de la fuite inattendue du roi blanc, réalisa soudain que sa victoire lui échappait. Le roi blanc était certes vaincu, mais tant qu'il ne serait pas définitivement éliminé, il restait toujours un danger pour lui.

Il rassembla tout son être, concentrant toute l'étendue de sa noirceur pour reformer une personnalité compacte capable de s'immiscer dans l'ouverture étroite, la brèche qui était apparue dans ce monde qu'il pensait contrôler.

Le cavalier blanc, voyant ce qui se passait, alla se placer sur le chemin entre le roi noir et le roi blanc, fidèle défenseur de la créativité, dernier bastion contre les forces du mal.

Le roi blanc venait de pénétrer corps et âme à travers l'ouverture. Le cavalier blanc sauta dans la brèche, qui se referma derrière lui.

Les voyages musico-mentaux étaient terminés !

CHAPITRE 24

Lorsqu'il reprit conscience, John-Malinor était dans ce qui semblait être une chambre d'hôpital, aux murs blancs et austères. Il était allongé sur un lit tout aussi immaculé. Toutefois, ce n'était pas seulement l'atmosphère clinique de la pièce qui avait attiré son attention.

À ses côtés, assise dans un fauteuil, une jeune femme le regardait. Elle était brune, fine, et sa présence rayonnait de douceur et de grâce. Son visage dégageait une aura captivante, et ses traits, harmonieux et délicats, semblaient avoir été sculptés par un artiste inspiré. De grands yeux profonds, d'un vert émeraude enchanteur, brillaient d'intelligence et d'une lueur de curiosité. La douce courbe de ses lèvres dessinait un sourire qui éclairait la pièce entière. Sa chevelure brune, soyeuse et abondante, encadrait son visage avec une élégance naturelle, créant un contraste saisissant avec la blancheur des murs. Elle était vêtue d'une simple blouse de l'hôpital, mais même cette tenue ne pouvait dissimuler sa grâce innée.

- Je m'appelle Anne-Marie, et toi ?

- Le fait qu'elle le tutoyait d'emblée la rendait encore plus attirante. Intéressant de voir comment le simple fait de remplacer le « vous » distant par « tu » peut modifier grandement les rapports humains !

- Je m'appelle John, répondit-il. Où sommes-nous ?

- Dans un hôpital psychiatrique.

- Un hôpital psychiatrique ! Je ne suis pas fou quand même ? Qu'est-ce que je fais ici ?

- Lorsqu'on t'a amené ici, tu étais dans un état déconnecté du monde réel. Tes yeux bougeaient constamment, comme si tu rêvais, et tu proférais des paroles inintelligibles. Il y était question d'une sorte de bataille entre un roi noir et un roi blanc.

John lui raconta alors toute son histoire, lui expliquant le pourquoi et le comment des événements imaginaires qu'il avait vécus et dont Anne-Marie n'avait entr'aperçu que le côté apparent, la face visible de l'iceberg. La beauté naturelle d'Anne-Marie avait un effet apaisant sur lui, et il se sentit de plus en plus à l'aise en sa présence.

- Et toi, qu'est-ce qui t'amène dans cet hôpital ? demanda-t-il.

- J'ai perdu toute ma famille dans un accident de voiture. J'ai été très affectée nerveusement et j'ai sombré dans une dépression profonde.

- Visiblement, ça va mieux maintenant. Ton séjour ici t'a fait du bien ?

- Oui, j'ai également guéri grâce à la musique. J'ai beaucoup progressé au piano.

- N'as-tu jamais exploré des univers musico-mentaux, comme moi ?

- J'ai été tentée de le faire, mais mon professeur de musique, qui est aussi infirmier ici, m'a toujours mis en garde contre les excès de ces voyages. Il m'a encouragée à jouer, non seulement pour moi, mais aussi pour les autres. J'apprécie énormément de jouer. C'est un véritable plaisir pour moi. Mais, par-dessus tout, j'apprécie le bonheur que je peux apporter aux autres patients. Quand je vois ces personnes dépressives sourire en écoutant ma musique, je trouve que ce que je fais a du sens. Cette activité me comble.

- Je dois reconnaître une chose, avoua John. Mon activité créatrice a toujours été dirigée de façon égoïste vers moi-même. Je me suis peu à peu éloigné de la réalité pour sombrer dans mes fantasmes personnels. Les autres n'avaient plus d'importance pour moi. Tout ce qui m'intéressait, c'était moi, mon monde, mes désirs.

- C'est pourquoi tu as échoué, John. Pensant réaliser des progrès dans ton travail créatif, tu n'as en fait que favorisé les desseins destructeurs de ta propre nature. Tu as besoin d'une aide extérieure pour y parvenir. L'artiste doit puiser dans son propre réservoir de créativité pour produire des œuvres originales, en se basant sur sa propre perception des choses. Pour nourrir ce réservoir, il doit être en contact avec le monde qui l'entoure.

- C'est vrai, dit John. Je comprends à présent que l'artiste qui s'isole est semblable à un arbre solitaire, tentant de pousser ses branches dans un désert aride, où la chaleur brûlante menace de flétrir ses feuilles. Il peut produire des fruits pendant un certain temps si ses racines sont suffisamment profondes pour puiser de l'eau, mais il n'y aura personne pour manger de ses fruits.

- L'arbre revit au contact de la forêt, répondit Anne-Marie. Tout comme les arbres de la forêt qui se nourrissent mutuellement, les artistes trouvent leur vitalité et leur inspiration en se connectant les uns aux autres. Quand un artiste brille d'une beauté particulière, les autres ne se lassent pas de l'admirer, tirant une source d'inspiration inépuisable de sa créativité.

Après une courte pause, elle poursuivit :
- Tu m'as dit que tu jouais du violon.
- Oui, dit John. Je joue du violon.
- Veux-tu m'accompagner ce soir ?
- Oui, avec joie.

Lorsque John entra sur scène aux côtés d'Anne-Marie, il les vit, tous les pensionnaires de l'hôpital, assis dans l'attente de la représentation. Sur leur visage se lisait la souffrance, la difficulté des problèmes psychologiques contre lesquels ils devaient faire face, boulet qu'ils traînaient continuellement, ayant perdu la clé du cadenas qui condamnait la chaîne.

Sur cette façade morose, cependant, transparaissait la joie du plaisir attendu. Ils attendaient visiblement beaucoup de ce moment. Il leur ferait oublier un instant leur vie si difficile, les faisant se sentir en communion avec les artistes, une sorte de voyage dans les contrées musicales, mais sans danger, un voyage organisé, programmé, avec un guide sécurisant qui les ramènerait dans leur monde une fois le concert achevé.

Le récital était sur le point de commencer, et John sentait le poids des responsabilités peser sur ses épaules. Il savait que le bonheur de dizaines de personnes dépendait de son jeu. Pour la première fois de sa vie, il ne jouerait plus seulement pour lui-même, mais aussi pour les autres. Il ressentait une véritable communion avec le public.

Lorsqu'il posa les yeux sur Anne-Marie, il se plongea avec elle dans un concerto magnifique. À travers cette communion artistique, il atteignait également le but de sa quête amoureuse. Il révisait ses idées préconçues et laissait derrière lui les clichés surannés qu'il avait entretenus autrefois.

John réalisa que le charme véritable d'une personne ne réside ni dans son apparence extérieure ni dans des critères quantifiables, mais dans une source plus profonde et authentique.

Ensemble, ils s'apprêtaient à créer un univers unique. Leur musique allait toucher d'autres âmes en souffrance, les encourageant à changer leur état d'esprit et à accéder à une conscience plus élevée. Les notes du violon libéraient des rayons de lumière, des lasers colorés qui perçaient les coins sombres d'un monde autrefois terne et monotone. La nuit était chassée comme une sorcière sur le bûcher, laissant place à un jour nouveau, un monde baigné de lumière. La salle du trône de leur univers intérieur allait s'étendre à l'infini.

John avait enfin trouvé les richesses et les matériaux nécessaires à la création de son propre univers. Il les puisait dans cette relation unique avec Anne-Marie.

Alors qu'il observait son public, John aperçut Vince, qui le regardait avec attention.